昨日不悔，明日不追

闫荣霞 邢万军
—— 编著 ——

北方文艺出版社

图书在版编目（CIP）数据

昨日不悔，明日不追 / 闫荣霞，邢万军编著 . —— 哈
尔滨：北方文艺出版社，2018.8

ISBN 978-7-5317-4217-3

Ⅰ.①昨… Ⅱ.①闫…②邢… Ⅲ.①散文集－中国
－当代 Ⅳ.①I267

中国版本图书馆 CIP 数据核字（2018）第 049494 号

昨日不悔，今日不追
ZUORI BUHUI JINRI BUZHUI

作　者 / 闫荣霞　邢万军

责任编辑 / 路　嵩　富翔强　　　　　　装帧设计 / 朗童文化

出版发行 / 北方文艺出版社　　　　　　网　址 / www.bfwy.com
邮　编 / 150080　　　　　　　　　　　经　销 / 新华书店
地　址 / 黑龙江现代文化艺术产业园 D 栋 526 室

印　刷 / 廊坊市国彩印刷有限公司　　　开　本 / 880×1230　1/32
字　数 / 160 千　　　　　　　　　　　印　张 / 8
版　次 / 2018 年 8 月第 1 版　　　　　印　次 / 2018 年 8 月第 1 次印刷

书　号 / ISBN 978-7-5317-4217-3　　定　价 / 32.00 元

编者的话

我们身处一个经纬交织的复杂世界。行走的过程中，很多时候，也许就把心灵忽视了。但是，又做不到完全的忽视，因为在追求外在世界的时候，会莫名地觉得忧伤和失落，会问：

"我是谁？"

"谁是我？"

"我在哪里？"

"我在做什么？"

"我想要什么？"

"我遗忘和失落了什么？"

"何者为丑，何者为美？"

那就是我们的心灵在执着地唱歌。所有的歌声，主题只有一个，那就是"感觉"。

我们大多数人都不爱护自己的感觉，小时听父母的，当学生听老师的，工作了听领导的，成家了听爱人的，老了听孩子的，空虚的时候听不知道什么"大师"的，结果自己明明有感觉的，却都给贬成错觉。所以很多人迷惘如孩童，不知道自己到底想要什么，也不知道自己小小的心灵，有着怎样一个微观而丰富的世界。

　　那么，这套"心灵微观"丛书的作用，就是希望读者从现在开始，直面自我，多听听自己的声音，多尊重自己的感觉：你会发现，原来你的心灵如此鲜明而生动。它在街边飘过的一首歌里，怀抱的小娃娃的一声欢笑里，开河裂冰的一声咔啦啦的巨响里，森林的阵阵松涛里。它在人们的笑脸上，一个电影里，一篇文章里，一个新交的朋友坦诚的双眼里。它使我们领略生之美好，收纳生之快乐。

　　编者历时数载，定向收揽如知名作家朱成玉、周海亮、澜涛、凉月满天、顾晓蕊、吕麦、安宁、古保祥、崔修建……以及新秀作者的优秀作品，以期不同的作者以不同视角，表达自己最真切的想法、念头和感触，剖析自己的心灵，以此为引，希望读者朋友也对自己的心灵细剖细析，细观细察，深入认知，深切会合，于细微处得见心灵的宏大愿景，从而不忘初心，砥砺前行，欣赏美好，过朴实而欣悦的一生。

　　这，就是编者的初心。

　　"心灵微观"丛书共有六册，其中《不负人生不负卿》以"感情"为切入点，讲述了"爱"是怎么一回事。想要去爱人是人的天性，想要被人爱是人的本能。是的，谁都会有生命的极夜，觉得一路上无星无月，无路无爱。但是不要紧，一分一秒挨过去，咬牙任凭痛楚凌迟。世间万物都会辜负，唯有流光不相负。迟早它会把你的痛冲刷殆尽，哪天想起来，也只余下淡白的模糊影子，那是你一个人的伟大胜利。而转头处，你会发现，原来一直有人在深深地爱着你。

《平凡不可贵，最怕无作为》以"事业"为切入点，讲述了我们的艰辛奋斗，艰难成功。奋斗到后来，你会发现，任何难题都不是难题。挑战是给你机会去战胜挑战，艰难是给你机会走出艰难，困境是给你机会让你成长到足够翻转困境。只要转换视角，就能翻转命运。

《所有的命运都是成全》以"命运"为切入点，讲述了非常玄奥的"命运"是什么东西。命运能是什么东西呢？它是生命，是际遇，是曲曲折折的前进，是寸步不肯移的守候，它是一切。际遇如火，骄傲如金。珍而重之地对待生命，不教时日空过，无论怎样的波峰浪谷，都无损于我们自己的骄傲。遇吉不喜，遇凶不怒，坦坦荡荡，宽宽静静中，一生就能这么有尊严地过去了。

《苦如蜜糖，甜是砒霜》以"苦难"为切入点，讲述了人人望而却步却人人都有可能经历的"苦难"。这个光鲜靓丽的世界上，这么多光鲜靓丽的人，都包裹着一颗拼命挣扎的心。没有谁真正潇洒，大家都不轻松。也许困顿是良机，因为障碍越多，被跨越的障碍越多。不必被愤怒和悲伤蒙住了眼，假如退开来看，说不定能够看出命运的线正从彼处发端，要给你织成一幅美丽的锦缎，只要你给它时间。不如一边整小窗，一边倚小窗，一边买周易，一边读周易，一边挖池塘，一边坐池塘，一边养青蛙，一边听蛙叫，心头种花，乐在当下。

《绿墙边，花未眠》以"美好"为切入点，细细描绘了生命中的美好片断和美好场景，动荡人生中的稳静光阴。生命是需要稳和静的，如同篱落间需要点缀一点两点小黄花；就像《红楼梦》里的大观园，有那样金粉玉砌的所在，就有稻香村这样的幽静之所可以养性，可以读书，可以于落雪落雨之际，去品生命况味。

《昨日不悔，明日不追》以"赤子之心"为切入点，与读者一起，重觅本心，重拾美好华年。"归去来兮，田园将芜胡不归？"现代人没有陶渊明的幸运，不是所有人在厌倦了都市生活后，都可以有一个田园迎接自己的归来。实在没办法的时候，我们可以在心里给自己营造一个独属于自己的田园，那里有如烟蔓草，有夕照，有落英。

一个人，生活在一片破落的村庄，隔着一条大河，有一个仙境一样美的地方，那里整日云雾缭绕，太阳一出，云雾散去，鳞次栉比的房屋又像水墨画一样。他想："啊，要是能到那里生活就好了。"于是，有一天，他下定决心，整理行装，登程了。

当他辛辛苦苦到达那里，才发现那里的村庄一样破落，那里的人们和自己家乡的人毫无二致。他失望透顶。隔河望去，自己的家乡也美丽得如同仙境，云雾缭绕；当云雾散去，房屋也如水墨，引人遐思。

真是一个隐喻式的故事。我们的人生就时时生活在这样的矛盾之中，总是觉得身处的环境不好，正在做的工作不好，享受到的待遇不好，挣到的钱太少；可是当我们换一种身份，挣了大钱，得了大名，又会觉得还是平平淡淡的生活更好。

说到底，我们总是这山望着那山高，其实却是这山和那山一样高。你觉得这里的山好，那么别处的山就一样好；你觉得这里的山不好，那么别处的山一样不好。

就像一个人从一个小镇搬到另一个小镇，询问当地的一个老者："这里的人好不好？"老者反问："你家乡的人好不好？"他说："我家乡的人都好极了，既热情又善良。""那么，"老者说，"这里的人也都好极了，既热情又善良。"

另一个人也从一个小镇搬到了这个小镇，也询问这个老者同样的问题，老者也反问："你家乡的人好不好？"他说："我家乡的人都坏透了，既冷漠又奸诈。""那么，"老者说，"这里的人也都坏透了，既冷漠又奸诈。"

高低好坏，其实都在自己的心呢。

借由"心灵微观"，希望我们真的能够荡涤凡尘，得见本心，心灵如清水洁净轻灵。

前　言

躺在暗夜里，时常会生出恐惧，怕这个横冲直撞的世界突然将我碾得粉碎，留下一大堆未竟的心愿和事业，所以总在拼命，不肯放松——整个生命就是让人焦灼的未完成状态。

"所有的日子都来吧，让我编织你们……"这是近半个世纪前，一个14岁的少年王蒙的诗。这话乍听起来像豪言壮语。少年的生命，花儿一样将开未开，一切将来未来，说起话来都愿意用一些大而无当的词。我也从那个年龄过来的，那个时候饱含意味的"人生""岁月""光阴""生命"到最后光彩褪尽，统统归结为现在一个缺乏色彩的词：日子。

太阳在每个日子无一例外地东升西落，我们在每个日子都要吃饭穿衣，这些细节琐碎，就像钝刀、磨锯，锯啊锯啊就把一个人锯老了，磨啊磨啊就把日子给磨薄了。时光飞快流逝，无可挽回地把自己带走，时光劫掠中，那些简单日子多么宝贵，有着稍纵即逝的惊人之美。

每个人自从降生就开始享受生命的盛宴，日子如命中的一盘盘菜，吃一盘，少一天。有时心情好，吃得有滋有味，一盘菜转眼就没了，是时光如梭；有时心情坏，食而不知其味，一盘菜老是吃不完，是度日如年……日子又如身上御寒的冬衣，每个人甫一降生，就穿着一层层的衣裳，过一日脱一层，就冷一些。刚开始火力壮，气力旺盛，怎么脱都没感觉，甚至觉得可以活千秋万世，于是放心地吃喝玩乐，恣意纵情地挥霍。到最后菜也吃完，衣也褪尽，脱剥得剩下一个光溜溜的灵魂回归天际，以往怨恨憎恶的日子，你想再过一天，也追不回。

读过一篇文章，说人的愿望会逐层递减：有钱真好，有爱真好，有健康真好，有日子可过真好。哪怕很苦很累，得了病痛、降下祸灾，日子显得琐碎而又粗砺，可是有人正在羡慕地看着你——看着你手里那一摞厚厚的日子。

懵懵懂懂过了那么些年，如今才明白，那个写《小王子》的飞行员说，人必须千辛万苦在沙漠中追风逐日，心中怀着绿洲的宗教，才会懂得看着自己的女人在河边洗衣其实是在庆祝一个盛大的节日，是个什么意思。

人必得经历艰辛和劳累、衰老和疲惫、远行和折磨、哀与痛、生与死，才会懂得有一大把平平凡凡的日子攥在手里，可以细数着过，最为幸福。

本书精选数十篇美文，以深沉的哲思，剖析心灵的细微之处，使我们褪去一身风雪，重回赤子之心。

CONTENTS

第一辑

善待别人其实是厚遇自己

这个世界，原本就是你中有我，我中有你。你就是我，我就是你。我的爱深深种在你的心里，像是荷花呼应着荷叶；你的卑怯和软弱在我心里也同样存在，如同黑暗呼应着黑夜。所以，你迫害我，就是迫害你；你敬仰我，就是敬仰你自己；我慈悯你，就是你慈悯你；我宽宥你，就是我宽宥我自己；我爱你啊，实在是因为，那是我在爱我自己。

所以，善待别人不是对别人的善意，是对自己的善意。

我想让他们
听到我的掌声

陌上花开

在 2012 年伦敦奥运会马拉松比赛的赛场外，有一位始终坐在轮椅上的观众，叫塔比雅。她来自利比亚，自幼失去了双腿，只读了 5 年的书，她现在是一家花店的临时工，每个月只能赚到少得可怜的薪水。连行走都很吃力的她，却是一个十足的体育迷，无论是球类运动，还是田径运动，她都很喜欢。只要有机会，她就想方设法去看比赛。

今年七月，她毅然花掉自己辛苦积攒的全部积蓄，几经辗转，终于来到了梦想中的伦敦。然而，近在咫尺的奥运赛场，她却无法进去。因为囊中羞涩的她，已买不起哪怕最廉价的一张进场观看比赛的门票了。对此，她似乎一点儿也不沮丧，因为她欣喜地发现，还有一些不要门票的比赛，比如马拉松。

为了能够挑选到一个最佳的观赏位置，她提前一周，摇着轮椅，顶着烈日，细心地探查了马拉松比赛的路线。确定了一处最佳的观看点后，她激动地舞动双臂，像一只展翅欲飞的鹰。

然而，不幸的是，比赛开始前两天，她感冒了，吃药、打针，高烧依然不退。

怎么办？难道躺在病床上，通过电视看比赛？这个念头一闪，便被她掐灭了。她必须到现场去，尽管那天她发烧很厉害，脸烧得通红，她仍没有丝毫的犹豫。服过药，便吃力地摇着轮椅早早来到选好的地点，准备为每一位从自己面前跑过的运动员加油。

第一批运动员跑过来时，她和周围的观众一同热烈地鼓掌、呐喊，仿佛自己也是一个健康无比、精力充沛的超级粉丝。

随后，一拨拨的运动员跑过来，她不停地为他们鼓掌，热情而执着。

直到掌声欢送最后一名运动员从身边跑过，她才瘫软地倒在轮椅上，蓦然发觉自己高烧还没退，浑身烫得吓人。

一位记者惊讶地问她："其实，你完全可以在电视上看到全景的赛况转播，为什么非要带病亲临现场看比赛？"

她微笑着回答："我想让每一个从我身边跑过的人，都能听到我的掌声。"

"这对他们很重要吗？"记者仍然有些不解。

"这对我很重要。虽然我今生再也无法健步如飞，我却可以坐在路边，把我由衷的赞美，热情地奉上。"她一脸的自豪，仿佛胸前挂着金灿灿的奖牌。

我不禁想到了台湾作家刘继荣的女儿说过的一句话："我不想成为英雄，我只想成为坐在路边鼓掌的人。"

我知道，塔比雅的掌声并不响亮，对于那些飞跑的运动员似乎无足轻重。然而，那掌声是发自她肺腑的，是她对英雄由衷的赞赏，更是她对自己平凡生命的一种肯定。

伦敦奥运会马拉松比赛冠军的名字，我很快就忘记了。然而，那个在轮椅上拼命鼓掌的穿红衣服的女子塔比雅，却被我深深记住了。隔着万水千山，电视机前的我，分明清晰地听到了她自信、热情的掌声，听到了一种生命从容、壮丽的声音。

悲伤照片

[美] 詹姆斯·梭姆　著
孙开元　编译

　　那是15年前初春的一天，天色阴沉，树木刚刚抽芽。我当时是一名年轻的警察记者，开车来到了一个车祸现场。据广播员说，一个上年纪的男人开着卡车在自家门口倒车时，不小心压在了他的小孙女身上，孩子受了致命伤。

　　我在一排警车旁停好了车，这时我看到一位个子不高、穿着棉布工作服的白胡子男人正站在一辆卡车附近。几台摄像机对准了他，记者们纷纷把话筒伸到了他的面前。他看上去完全惊慌失措了，结结巴巴地回答记者们的问题，很多时候都只是动动嘴唇、眨着眼，却一句话也说不出来。

　　过了一会儿，记者们放弃了采访，跟着警察走进了一间白色的小房子。我至今记得老人绝望地低头看着车道上，孩子曾经待过的地方。房子旁边是新开出的一块花圃，还有一堆深色的种植土。

　　"我想把车倒到那里，给地培上好土。"他对我说，虽然我并没问他什么。"我根本不知道她在门外。"他的手伸向了花圃的方向，然后又垂了下来。他陷入了悔恨之中，我则如同所有敬业的记者一样，走进房子，看有谁能提供几张出事孩子的近照。

几分钟后，我的口袋里装着一张可以在演播室展示的孩子的可爱照片，走向了厨房，警察们说孩子的尸体临时停放在那里。

我来时带了一台相机，大个头、功能多，一看就是记者常用的相机。孩子的家人们、警察、记者和摄影师们都已从房子里退了出来，站在院子里。我走进厨房，看到里面摆着一张塑料贴面的桌子，桌子上躺着孩子的小尸体，身上裹着一块干净的白被单。孩子的爷爷坐在桌子旁的一把椅子上，他没注意到我的在场，只是失神地看着白布中的尸体。

屋子里一片安静，只能听到钟表在响着。这时，我看到这位爷爷缓缓地探身向前，伸出一只胳膊，抱住了桌上的小身躯，然后把脸贴在白布上，一动不动。

在那个寂静的时刻，我知道正是一张有获奖水平的新闻照片可以拍出的时机。我对好光圈，调好焦距，安好闪光灯，然后举起了照相机，选取拍摄角度。

场景中每一个细节都是完美的：爷爷穿着朴素的工作服，他的白发在光线的映衬下闪闪发亮，孩子的身上裹着白被单，窗户旁边的墙上挂着两只世界博览会的纪念盘，陈设简单的屋子里的这一切都衬托出一种凝重的气氛。从屋里可以看到警察在外面检查着那辆肇事卡车的后轮胎，孩子的妈妈和爸爸互相依偎着站在一旁。

我不知道在屋里站了多久，就是按不下手中的快门。我非常明白这张照片拍出后将会具有的震撼性效果，职业意识告诉我拍下它。但是我不忍心让闪光灯去打扰这位可怜老人的哀思。

许久之后，我还是放下了手中的相机，悄悄走出了屋子，心里怀疑自己是否还有当一名记者的资格。当然，我从没告诉过刊物编辑或记者同事，我曾经错失了一次拍摄绝佳新闻图片的机会。

我们每一天都会在电视新闻和报纸上，看到身处极度悲痛和绝望境遇的人们，有时候，我一边看着新闻，就会想起那次放弃拍照时的情景。

至今我依然认为，我当时做对了。

一个没用的人

凉月满天

记者采访他的时候，他正坐在草地上，七八个孩子在他怀里乱滚。

这是广西一个山村，留守儿童多，父母在外打工，他就在这里陪伴着他们。只要他一出现，男孩子们就呼啸而上，像小猴子一样挂在他身上，纷纷叫他"老爸"，还问他一些怪问题："你说大马蜂窝会不会掉下来？"他很诚实地回答："不知道。"

他叫卢安克，德国人，到中国旅游，然后留了下来。1997年在南宁的一所残疾人学校义务教德文；1999年到河池地区的一所县中学当英语老师，因为不能提高学生的考试分数，家长不满，只好离开；2001年开始在板烈村小学支教，就这样在十万大山的皱褶里住了十年，从青年到中年。没有家，没有房，没有妻，没有子。

他和孩子们一起画画唱歌，生火做饭，修修水管，要不就陪着他们在下过雨的泥地里骑自行车，从高坡上呼啸而下。每个月生活费一百块，靠翻译书和父母的资助，当地政府要给他开工资，他不要，怕拿了学校的工资，学校跟他要考试成绩。

——真是一个没用的人。

孩子们皮得难管，有的小孩又狡黠又凶蛮。一个小皮孩掰着卢安克的胳膊问他："你会死吗？"

"会。"

"你死就死，跟我有什么关系，我舒服就行。"

卢安克搂着他，对他微笑："是啊，想那么多，多累啊。"

记者问他："这话你听了不会感到不舒服吗？"他笑了一下，说："我把命交给他们了，不管他们怎么对待我，我都要承受了。"

课堂上，男孩子大叫大闹，甚至骂他嘲笑他，他想发脾气，又抑制住。男孩说："我管不住自己，你让我出去站一会儿。"他就开门让他出去站着。他说："文明，就是停下来想一想自己在做什么。"

他没有什么责任感，也不问前程，他只管把自己的事情做好，好比滴水在石头上，时候到了，改变就自己发生了。

可是这种改变，太慢了。他教的班里四十六个学生，只有八个人初中毕业，大多数没毕业就到城里打工。有的还没读完初一就结婚。有的学生父亲来找他，说："我的儿子就因为学你，变得很老实。吃了很多亏。"他说："我的学生要找到自己生活的路，可是什么是他们的路，我不可能知道。我想给他们的是走这条路所需要的才能和力量。"

那么，到底是什么样的才能和力量呢？照我的理解，大约就是接受现实，对命运的承受与顺从。别人佩服他，他说：

"别人对我佩服的地方其实是我的无能，我无能争取利益，无能做判断，无能去策划一件事，无能去要求别人，无法建立期待……没有任何期待和面子的人生是最美好和自由的。因为这样，人才能听到自己的心。"

这样的人，不会因为别人给了你一个冷漠的白眼，你就要把人打死来显示你的威能；也不会因为有了或大或小的身份，就要出有车、食有鱼、下雨有人帮着打伞，甚至下乡视察的时候，怕弄脏鞋袜，被人背过水沟和农田。

可是你看耶稣和佛陀，身后跟着一代一代、一堆一堆的人。

我的父亲八岁丧父，跟随寡母，备受欺负。及长，生产队里的人年年让他当小队长，他就年年去当，别人不干的活他去干。一生没见他和人吵过架，更不用说动手。做过的最荒唐也是最英勇的事是到兵营里偷白菜，卖钱给我交学费。如今病瘫在床，更是千无一用，可是邻居们纷纷帮着母亲替他做搬搬抬抬这样那样的事，也说不清什么原因。

所以，谁说卢安克是无能的？记者在报道结尾说："就像一棵树摇动另一棵树，一朵云触碰另一朵云，一个灵魂唤醒另一个灵魂，只要这样的传递和唤醒不停止，我们就不会告别卢安克。"记者的同事写给卢安克两句话："你让我想起中国著名的摇滚歌手崔健的一首歌——《无能的力量》，这种'无能'，有的时候，比'能'要强大一百倍。"

世界上多的是无能的人，他们只是在自己的位置上，婉然承顺命运，然后做好自己的事情。他们自觉无用，却是桃李不言，下自成蹊。当初卢安克陪伴的孩子们都已经长大，要离开学校，他们一人一句乱凑歌词来唱，那个最皮的、打他并且说"你爱死不死，和我有什么关系"的孩子凑出这么几句歌词：

"我们都不完美

但我愿为你作出

不可能的改善。"

每个人都应该有面慈善的"镜子"

淡 然

2013年6月21日，英国英格兰西部的格洛斯特郡的上空正在进行一场惊险的空中特技表演，吸引了不少英国民众前来观看。

只见两架老式螺旋桨飞机一同飞行在碧蓝的天空，相距咫尺，仔细看，两架飞机的机翼上分别站着一个小小的身影！原来是一对小女孩，只见她们在空中怡然自得，好似在空中翩翩起舞。

这样惊险无比的情景，让人们情不自禁在心里为她们捏了一把汗。

原来这对姐妹花就是来自英国伦敦的表姐妹罗丝·鲍威尔和弗拉姆·布鲁尔，她们今年只有9岁，是一对非常漂亮的小女孩。别看她们年龄小，但她们已经上小学二年级了，学习成绩很优异。原来她们出身于机翼行走表演世家，是家族中的第三代传人。从3岁起，她们就接受了长辈们机翼上行走的专门训练。尽管这次是她们第一次在空中进行高难度的表演，但是她们表现得十分沉稳，克服了强烈的恐惧感。

很快，她们出色的表演赢得人们的阵阵掌声，人们对她们的表演赞不绝口。她们也因此成为世界上年龄最小的机翼行走表演组合，并打破了此项世界纪录。

也许有人会感到好奇，这么小的孩子为什么要冒如此大的风险进行这种高空特技表演呢？也许稍有不慎，就会从高空中摔下来，从而酿成一场巨大的惨剧。其实，真正的原因是为了她们的一个名叫埃利·克罗斯利的好朋友。他现年 6 岁，是个长相可爱的小男孩，但却患上一种名为"杜兴氏肌肉营养不良"的病。这种病由 X 染色体上的基因缺陷造成，属隐性遗传疾病，患者骨骼肌萎缩，无药可治。大多数患者会在 20 岁左右因心脏或呼吸系统衰竭而亡。

因此克罗斯利的父母为孩子成立"杜兴氏儿童基金"，向各界寻求物质与医疗援助。

这对姐妹花觉得全世界像埃利这样患上"杜兴氏"病症的孩子不在少数，他们非常需要社会上许许多多人的爱心支持，为了让更多人了解"杜兴氏"儿童基金，她们想帮助患这种病的孩子，于是她们大胆地想到了借助于在飞机机翼上行走的空中表演，为此大力宣传。

为了说服祖父诺曼，她们对他说："爷爷，我有一个患了可怕病症的朋友，人们对这种病所知甚少，所以我们想帮助他。"祖父诺曼说："你们能有爱心非常好。你们准备怎么帮助他？如果我们能帮助他，他一定会感到非常高兴。"她们开心地笑了："祖父，为了唤起全社会的爱心关注，我们想进行一次空中特技行走表演，你答应好不好？"祖父听完大为感动："好，因为你们的爱心，那我投降，我们就来一次吧。"

听闻祖父这么说，两姐妹高兴得差点没跳起来。

为了使两姐妹的空中表演顺利进行，正式飞行的那天，祖父诺曼和一名资深飞行员分别驾驶两架飞机，然后两姐妹被安全装置固定在祖父的古董双翼飞机上，以每小时160千米的速度缓慢地飞过格洛斯特郡上空。

正如预期的那样，她们的这次空中表演非常成功，同时也引起了社会上极大的轰动，大批的记者前来采访。鲍威尔满脸兴奋地说："这次飞行简直太神奇了，很难用更多语言描述。我们就好像鸟儿一般翱翔天际，感觉很酷。从天上往下看，房子就像乐高积木那样小。我开始还有点害怕，但后来，无比的喜悦战胜了一切。"布鲁尔也说："特别特别好玩，风非常非常大，真想再来一次。"最后她们表示："希望通过此次表演能够让更多社会爱心人士关注'杜兴氏'患病儿童，然后奉献你们的爱心。"

许许多多的人被她们的善举深深打动了，于是纷纷为埃利·克罗斯利爱心捐款。很快来自全社会的5万元英镑爱心捐助送到了这个生病孩子的手中。还有不少人带着礼品前去医院探望了他，并鼓励他坚定信心，好好学习。埃利·克罗斯利终于露出了开心的笑脸。

一对英国9岁姐妹花的爱心善举就这样感染了许许多多的人，愿爱心的接力棒不分国界、不分人种、不分贫穷，永远地传承下去。所以每个人的心里都应该有面慈善的"镜子"，时时地拿出来照照自己的心灵，以便督促自己更好地把慈善传承下去。

记住，总会有人投你一票

汤秀云

记得高一学期快结束时，班里进行"三好学生"评选。那天一上课，班主任崔老师就把成绩排在前15名的学生名字写在了黑板上，宣布要在这15人中选10个"三好学生"。同学们写好后，班长把选票收起来。接着，班长站在讲台边唱票，学习委员记票，崔老师站在一旁监督。班长读着这15人中的一个名字，学习委员就在这个人名下记上一票。对于谁的票多，谁的少，有些同学还在下面小声议论一番，教室里显得有些嘈杂。

突然，班长读了一个人的名字，而这个人因为考试成绩不够"标准"，没有候选资格，这个人就是我。嘈杂的教室里瞬间变得鸦雀无声，静得只听到学习委员在黑板上写我名字的"沙沙"声。班长目瞪口呆地望着崔老师，崔老师显然很生气，脸色阴沉，他故作镇定地示意班长继续唱下去。

等把所有的票都唱完，崔老师一步登上了讲台，压抑多时的怒气终于发泄了出来。他说："个别同学太不珍惜自己作为投票人的机会了，也不掂量掂量自己所选的人够不够资格当'三好学生'。"最后，他宣布这次评选无效，下一堂课重新选。

老师的话凉凉地浸在我心底，让我无地自容，我面红耳赤地低着头，真想找个地缝钻进去。

下了课，我问和我一块吃饭的好友范丽："为什么要投我一票，惹老师生气，还害我当众出丑。"范丽一脸无辜："你那一票不是我投的。"然后她又说："虽然你的数理化不出色，但你的文科成绩很好，作文还在学校比赛中得过奖。还有，做值日时，有的人偷懒，而你总是把黑板擦得干干净净，把地扫得很干净。实际上，在同学们心目中，你已经达到了'三好'的标准，那一票就代表了同学们的心声。"

以前，因为自己糟糕的学习成绩，我以为自己一无是处，没想到，还有人看到了我的优点，并"冒天下之大不韪"投我一票。我感到一股暖流从心底升起，自卑感悄然隐退，久违的自信重又涌上了心头。我一改过去的精神状态，我要对得起投给我的那一票。

从此，在我眼里，那一票慢慢地成为一种象征，或者说是一个路标。我的数理化成绩很快有了提升，我对自己信心十足。

但是，那一票固执地在我和崔老师之间筑起了一道看不见的墙。无论我做什么，我总觉得有一双挑剔的眼睛注视着我。我有生以来第一次体验到不喜欢一个老师的感觉，但我一时又无法改变这种状态，只能努力把消极情绪从心底驱逐出去，努力学习，为自己争气。

终于，我实现了自己的诺言。到学校拿大学录取通知书那天，我遇到了老师的女儿崔莹，崔莹和我是同班同学。寒暄一番后，我对她说："我之所以能有今天，要感谢那个选我一票的同学和崔老师的一番话。"崔莹听出了我话中对她爸爸有一丝怨气，她犹犹豫豫地对我说："你知道吗？其实那一票是我投给你的，是我爸爸让我投的。"

原来，崔老师知道我是当时初中班上唯一一个考上县一中的，虽然入学成绩不很好，但相信我的智力还行。当看到我自卑的样子，心里很是着急。他知道，像我这样的学生，在初中一定听惯了老师的表扬，一般的鼓励也许没用。于是，他便和女儿演了双簧，一方面让他对我的歧视激发出我的斗志；另一方面，专门安排人投我一票，来唤回我的自信心。

在以后的时光里，那一票总是若隐若现地像灯塔一样指引着我，鼓舞着我，让我获得了追求上进的动力，这种动力，足以让我成为一个优秀的人。

只偷这一次

顾文显

　　带着偷到手的东西，岳长江简直是逃出那幢出版大楼的。他急匆匆地穿过马路，又钻进一个从来没走过的小胡同，直到挤上一辆公交车，他才像瘫了似的坐在一个闲座上……

　　岳长江是个高考落榜的农民的儿子，做不来庄稼活，就想当作家。他写过许多文章，在全国各刊物发表，还获过奖项！半年前，听说本省十分有影响的杂志社《北风》要招聘编辑，他报了名，面试中，他把持有大本学历的竞争对手们都击败了，如愿以偿地坐进了编辑部，操纵起对全国各地作者作品的生杀予夺大权来。他工作得很卖力，得到社长兼总编辑汪老师的器重，常说，小岳，你好好跟编辑老师们学，将来必有作为。小岳表面答应，心里暗暗不服：不就是靠学历或者后门，分配到这里来的，一个个都摆出高深莫测不可接近的样子。有什么了不起的？有本事你写点作品拿到杂志上发表一下，那才是真正显示实力呢。嘴上不说，他跟"老师"们也还能友好相处。然而，最近汪社长要出国参加一个学术研讨会，得半个月。汪老师一离开，他发现"老师"们对他的态度大变，一上午没人跟他说一个字，甚至中午吃工作餐时，副总编也只不过冲大伙说一句："吃饭吃饭。"就径自走出去。作为打工仔，岳长江感觉到空前的自卑和孤独，此后，他越品味越认为自己被孤立，干脆不干了。他急忙收拾一下自己的物品，对副主编说了句："刘老师，我又找了份工作。"副主编说："你不用再跟汪老师讲讲了？"小岳说："我以后电话里跟他解释。"这时，他看见会计办公桌的下角放着一个信封，里面装着300多枚邮票，那是供编辑给作者回信用的，谁用谁拿，他见没人注意，顺手就收入自己的书里。"你们这样冷落我，权当我的精神补偿吧。"

岳长江平生第一次做贼，偷了邮票，竟然像长了大病，吃饭睡觉都不安生。锄地时，常常把苗砍去留下一株草，气得他多直骂他当了半年编辑当傻了！岳长江睁眼闭眼，眼前全是汪老师那张和善慈祥的笑脸，对不起他呀。可是，这几百张邮票他无法送还了……转念一想，半年来，那东西都是随便用的，没有了让会计补上，哪个会发现丢失了呢。

就这样，岳长江魂不守舍地捱过了半个月，《北风》那边半点动静也没有，他又找到了一份出力气的工作，白天劳动，夜里写稿，邮票的事，也就淡忘了。

可是这天黄昏，他下班回来，刚要洗去一身臭汗，忽然听到一声呼唤："小岳，岳长江在家吗？"这声音那么亲切、熟悉，是老社长汪老师！岳长江像个受了委屈的孩子，冲到院子里握住汪老师的手，眼泪刷刷地往下流，好一会儿，竟然忘记往屋里让客。

汪老师接过小岳递上的一杯水，和蔼地说："小岳，干得好好的怎么就跳槽了呢？"

"老师……"岳长江斟酌着词句,"我文化浅,不适合在那儿干……"

"不要讲假话嘛。"汪老师说,"编辑老师们也都纳闷儿,谁也没招惹你呀,怎么说走就走了呢。后来分析,八成是没人理你……小岳呀,你不了解那些老师,他们只埋头业务,不大会搞社会上那一套,你真是自己多疑折磨自己啦。"

业务?那些故作高深的老朽还知道业务?

汪老师笑笑,如数家珍地报出了编辑们的著作,老长老长一串,让岳长江感觉到无地自容:原来人家都是用笔名发表的作品,有几位恰是他崇拜的偶像呢……自己这点作为……真是狗眼看人低。

"老师……"岳长江欲语又止。

"回去吧,小岳,学习锻炼几年,比你干粗活更有发展。"

"让我回去,真的?"

"我就是代表老师们来找你回去。"岳长江这才知道,汪老师他们为寻找他的住址花费了很多精力,而自己一使性子就愤然离去,岂不知自己感觉良好的那点的水平,跟那些他平素瞧不起的"老编",当真是不值一提!

"老师,我……我偷拿了单位的邮票,我长这么大,头一次当小偷,请您相信我,这绝对是最后一次。"

"孩子!老师等这句话好半天了,谢谢你。"汪老师慈爱地抚摸着他的头。

"那老师们都知道了?"

"自然。你想想,编辑部邮票随使用,所有信件无论公私,一律邮资总付，除了你，谁还会对那东西感兴趣？"

"那……"岳长江挺为难，他背着这小偷的包袱，怎么跟编辑们相处？

"放心。编辑们那天发现丢了邮票，我只说了三个字。"汪老师淡淡地说，"我用了。"汪老师无限感慨，"年轻嘛。我少年时贫穷，还偷过书，以后不也改了？对于人才，我更注重主流……"

"汪老师，请您相信我小岳说的，这是我最后一次当小偷。"岳长江哭着想跪下去，可被汪老师扶住了……

一颗红宝石

[美] 罗杰·迪安·凯瑟　著
孙开元　编译

在我小时候，有一天在大街上遇到了一个衣衫褴褛的男人。"你躲远点儿！"一个过路的年轻人正推搡着他，他倒退了几步，撞在了旁边的一座电话亭上，然后摔倒在了马路上。

"怎么走到哪儿都能看到你。"年轻人说着，扶了扶领带，走开了。

"你没事吧？"我走过去问他，他扶着地站了起来，说了声："没事。"

"他为啥推你？"

"他以为我向他要钱。"他一边扑着身上的土一边说。"我想让他去面饼店里买几个面饼，我没资格进去。"

"那我替你买。"我对他说。

他递给了我一块钱，我走进了街边上的一家面饼店，告诉站在柜台后的女人："我买面饼。"

"你和他是一伙的吗？"她指着站在大街上的那个男人问我。

"我只是想替他买几个面饼。"我回答。

"我不能卖给他，孩子。"她说，"他是个流浪汉，我们这儿的业主不让他在这儿待，因为这样的人会影响我们的生意。"

"但是他饿了，不卖给他吃的不公平，他又不是不给你钱。"

"生活就是不公平的，你有一天会明白，现在你也从这儿给我出去。"她冷冷地看着我说。

我走出了面饼店，把一块钱还给了这个人。他从衣袋里掏出了一个小钱包，打开了它，我看到他的钱包里装着个红色的钻石。他把这一块钱装进钱包，放回了衣袋。

"抱歉，我没能给你买来面饼。"我说。

"没事，孩子。我到别处找点儿吃的。"他微笑着对我说，然后又问我："你怎么没上学？"

"我能看看你的那块红钻石吗？"我转移了话题问他。

"当然。"他说着，手又伸向了衣袋里。

"但这不是钻石，只是一块玉石。"他说，"是我妻子送给我的，有30多年了。"

"它真漂亮。"我拿着它对着太阳看着。

我们一边说话一边走，他告诉我，他的妻子在几年前去世了，他们没有孩子，现在他独自生活。我告诉他，我在孤儿院的学校上学，今天是在逃学。

"你去过动物园吗？"他问我。

"去过一次，但是那里的管理员打我脑袋。"

"那我带你去一次，孩子！"

我们上了一辆出租车，去了杰克逊维尔动物园。在其后的几个小时里，我们走遍了整个动物园，看了所有的动物。

我们一边走着，一边说着话，一边吃了冰激凌，他还给我买了很多棉花糖和花生，我长这么大还没吃过这么多的花生。

游完了动物园后，他带我又上了辆出租车，去了一座小镇，他想让我看看海边的一座大城堡。

"这座城堡有很多年历史了，那时候有印第安人和西班牙人住在这里。"他给我做着解说。

"我不知道印第安人还在弗罗里达州住过。"

他笑了起来，没说话。

天快黑了，我们坐车往回走。他说要把我送到孤儿院的大门口，并说我应该回去，因为在大街上不安全。我说我逃了学，可能会挨打。

"我以前还挨过鞭子呢。"他朝我挤了挤眼说，"你会没事的。"他说着，拍打了一下我膝盖上的尘土。

当车开到了孤儿院的学校门前时，我下了车，向他道了谢。

"孩子，你今天早上对我更好，这是我对你的回报。与人为善，这绝不会让我们损失什么。希望你长大后记住我的话，你能做到吗？"

"你为我花了不少钱，可我并没有给你什么。"我回答。

"哦，你给我东西了，你带给我的是安慰和快乐，这是我好多年都没享受过的了。"他说。

"那我做的算是'与人为善'吗？"我问他。

"当然是，你是个好孩子。"他说着，上了车。

我站在孤儿院门口，看着出租车缓缓地开走了。这是我一生中最快乐的一天，我永远记住了那块有着纪念意义的红色玉石、我的动物园之游，还有那座城堡。但是比这更重要的，是我知道自己是个好孩子，而且把快乐带到了一个人的生活中，这个感觉真棒。

对于我来说，和一个陌生人出去玩了一天也许是件傻事，但从那以后我也明白了，"陌生"并不是一个贬义词，陌生人也并不一定是坏人。

一句谢谢

[美]黛娜·莱恩哈特 著
孙开元 编译

20世纪90年代初，我刚刚20来岁，和很多年轻人一样，是个追星族。我追的是影视明星小罗伯特·唐尼。

一次，南加州举办一次公益集会，明星唐尼也去，我的继母是主持人，我陪着奶奶也参加了这次集会。我的奶奶那时虽然已经80多岁，但仍然能称得上是个美人，也很聪明，只是不熟悉那些年轻的名人。

小罗伯特·唐尼到场了，只见他穿着一身华丽的米白色衣服，胳膊挽着他的女友莎拉·杰西卡·帕克。我告诉奶奶那就是唐尼，奶奶只是耸耸肩，她对享受盘子里的奶酪更感兴趣。

那天下午的特约嘉宾是作家兰·科维克，这是一名越战老兵，在战争中受伤，现在坐着轮椅。

集会演讲结束后，我和奶奶从座位上站起身，准备离场。但是奶奶站起来迈步时一个趔趄，摔倒在了集会主办方给科维克的轮椅设置的一个坡道上，坡道两侧是尖利的棱角，把奶奶的右腿划开了一个口子，血立刻就涌了出来。

按说我应该马上跑过去照顾奶奶，可是我吓坏了，我坐在了地上，脑袋垂在膝盖里，因为我感觉自己要吓昏了。我坐在地上想：奶奶怎么办？这时，有个人冲了过去救她，这个人正是小罗伯特·唐尼。

唐尼让一个人打电话叫救护车，让一个人拿来一瓶水，又让一个人拿来了一块毯子。吩咐完，唐尼脱下了他那件漂亮的夹克，我以为他怕把衣服弄脏，会把它放在一边，可是只见他挽起衬衣袖子，架住奶奶受伤的那条腿，然后把夹克缠在了她的伤口上，鲜血马上把他的米白色夹克浸出了一片殷红色。他安慰奶奶不要担心，很快就会好起来。他本能地知道应该怎样和她说话，以便能分散她的注意力。他握着她的小腿，吹着口哨，又告诉奶奶，她的腿很健壮，以此让她放松下来。但是奶奶说的话让我觉得挺没面子的，她对他说："我孙女说你是个明星，但是我从没听人说起过你。"

唐尼没在意奶奶的话，继续陪着她，直到救护车赶来。他扶着她的手，把她送上救护车，并且告诉她，很遗憾她提前离场，否则有机会了解对方。护士关车门时，他朝奶奶挥手告别。

我匆匆上了救护车，没和唐尼说一句话，当时的我太尴尬，也太腼腆，连向他说一声"谢谢"的勇气都没有。

我们每个人都有过想要说一句话但是没有说出口的时候，以后再想说很可能就没有机会了，好在多年后，我有了这样的机会。

后来有一年，唐尼因为私藏毒品进了监狱，那时我想给他写一封信，告诉他，他曾经尽全力救助过我的奶奶，他是我遇到的最善良的陌生人。

　　但是我没勇气写这封信。在那次公益集会结束15年时，我的奶奶已经去世10年，唐尼出狱已经5年。一天，我在一家餐馆再次遇到了他。我在洛杉矶长大，遇见一位名人是常有的事，但是我懂得尊重别人的隐私，在餐馆里遇到他们时，我从来不打扰他们。但是这次我打算打破这个规矩，也打破自己害羞的性格，我朝他的餐桌走了过去。

　　我对他说："不知道你是否还记得……"接着，我就把当年的事讲给了他。

　　他还记得。

　　"我只是想对你说一句'谢谢'。"我说，"我想告诉你，那是我见过的一次最让我感动的救人善举。"

　　他从椅子上站了起来，把我的双手握在了他的手里，看着我的眼睛，对我说："你绝对不会知道，现在的我是多么需要听到你的这句话。"

有抽不出来的时间吗

卫宣利

她似乎总是很忙，上学时忙着读书，应付各种考试，忙着恋爱失恋再恋爱，忙着参加辩论会、演讲、写论文；毕业后忙着找工作，忙着开展业务，忙着考研，忙着赚钱攒钱、买房买车，忙着结婚成家生孩子养孩子；再后来，她自己开了公司，刚刚起步，千头万绪，她忙着跑银行贷款，找投资伙伴，招聘员工，各种各样没完没了的应酬……她成了别人眼中的女强人，每天忙得分身乏术，睡觉的时间都有限。有几次，晚上回家，等老公把饭端上时，她已经靠在沙发上一脸疲惫地睡着了。

她要强，事事争先，在人前，永远是一副忙忙碌碌风风火火的样子，像一台充满活力不休不止的永动机。她的日程从来都安排得满满的，所有的时间都挤得很紧，滴水不漏针扎不进。

那天，老妈打电话，让她回家吃饺子，是老妈亲手包的，她最爱吃的三鲜馅。其时，她正为新员工犯的错误恼火，十分不耐烦："妈，我忙，真的抽不出时间。等忙过这一段，我就回去看您。"

隔几天，老爸又打电话，说家里的电视坏了，让她回去看看。她正陪客户唱歌，嘈杂的环境，她声嘶力竭地吼："爸，您这添什么乱啊？我这个单子签了，能给您买一堆电视。给售后维修的人打电话，他们会上门修的……"

妹妹生孩子，打电话给她报喜，语气里满是初为人母的欣喜和欢悦："姐，赶紧来看看，小家伙长得可爱极了，生下来就睁着大眼睛四处望呢。"她正在公司开会，为上个月不理想的销售成绩大光其火。只好急匆匆地对妹妹说："亲爱的，我抽不出时间去了，让你姐夫代表我，给我外甥封个大红包！你好好照顾自己，等我把这一摊事处理完了，马上就去看你。"

周末晚上，她照例加班到很晚才回家，却发现老公和女儿都还在等他。看到妈妈回来，女儿兴奋地扑上去抱住她撒娇："妈妈，双休日去郊游吧，爸爸把食物和装备都准备好了。"老公也迎上来说："这几天天气晴朗，春光正好。我知道有一个地方，桃花开得正灿烂呢。你也该放松一下，出去透透气。弦总这么绷着，对身体不好。"她疲惫地歪在沙发上，想到明天约好了要去谈贷款的事情，只好抱歉地说："明天不行，有很重要的事情等我去谈。等我忙完了这阵子，就陪你们去。"

她不是没有孝心的孩子，父母把她养大，供她读书，直至成家立业，点点滴滴的恩情，她都记在心间。她想，不急，来日方长，她一定会有她的报答。

她不是没有情义的姐姐，手足情深，妹妹从小就是她最疼爱的人。只是，她已经忙得自顾不暇，真的没有时间顾及到妹妹。

她不是不负责任的妻子和母亲，她知道老公一个人照看家很辛苦，需要和她分享生活中的喜悦和发现，而且，家里也要有个女人，才有家的味道。孩子当然更需要她，一起玩耍游戏，解决成长中的各种问题和困惑……可这些，都需要时间。而她最缺的，就是时间。她想要给他们更好的生活，所以必须拼命必须努力向前奔跑。

……

她一个月没回家了。那天，她正要出门去和客户签合同，老妈提着一个饭盒进来了，进门就手脚麻利地把热气腾腾的饺子往碗里盛，说："知道你忙，抽不出时间，我来看看你。好久没吃妈包的饺子了吧？快来尝尝……"她胡乱地往嘴里塞了一个饺子，便急忙忙地往外跑："妈，我还有事，饺子留着，我回来吃。"

半道上，忽然接到客户的电话，对方声音沉痛："抱歉，合同咱们改天再签吧。我爸没了，我要回去奔丧。"顿了一下，又哽咽着说，"你知道吗？这些年我一直辛苦打拼，就是想有一天功成名就，让爸妈跟着我享享清福。我一直以为他们会等我，没想到我爸突然就走了，连最后一面都没有见到。早知道这样，我真该多抽点时间陪陪他们……现在，什么都晚了……"

她怔在那里，半晌，才吩咐司机赶紧掉头。在快到公司十字路口，她看到老妈提着饭盒站在马路中央，茫然地面对着疾驰的车辆，不知道该迈哪一只脚。母亲的白发在风中飘着，那么苍老而无助。她呆呆地看着，眼眶湿润。她还记得小时候妈妈拉着她的手过马路的情景，可是，什么时候妈妈变得这么老了？过个马路都这样瞻前顾后不知所措？

她下车，躲过奔涌的车流，跑到母亲身边，挽起她的胳膊，说："妈，我送您回去。"

母亲看到她，欣喜而诧异："你不忙了？不是要签合同吗？"

她坚定地挽着母亲的手，说："我今天不上班了，回家陪你们。"母亲没说话，却红了眼圈。

那天，她陪着父亲给院里的葡萄树剪枝，听母亲絮絮叨叨地说亲戚们的家事，带他们去公园里听戏，去逛超市。看着父母欢喜的样子，她又心酸又欣慰，还好，不算太迟。她不想等到那一天，子欲养而亲不在。

晚上，她叫老公带着孩子来父母家，又约了妹妹一家，全家团聚。她亲自下厨，做了一大桌子的菜。那一晚，看着父母欣喜若狂的笑容，妹妹妹夫贪婪地吃着她做的菜，大呼过瘾，孩子玩得兴高采烈，老公注视她的目光含情脉脉……她陶醉了，她发现自己的心里，竟是从未有过的幸福和满足。那种幸福感，是任何一次成功的谈判都换不来的。

那一天，似乎是她过得最充实的一天，她的心里，满满地激荡着喜悦。那一天，世界也没有因为她的休息而停止运转，依然日光流转，岁月静好。那一天，她恍然明白，很多时候，并不是真的抽不出时间，这个世界上的任何人，都没

有抽不出来的时间。而是要看，需要你抽时间做的那件事，
花时间陪的那个人，是否在你的心上。

这里没有战争，只有爱

骆青云

在离云南一山之隔的的缅甸果敢地区，生活着一户普通的人家，丈夫是中国人，妻子是缅甸人，夫妻俩在边境上开了家诊所。他们还有个活泼可爱的儿子，叫登，今年13岁，读初一。

登本来是和父母商量好的，等事情忙完了，就去长城看一看，那是登从小的梦想。可是让登没有想到的是，战争来了。

本来平静的生活一下子被打乱了，人们开始纷纷逃亡，登和父母也准备收拾一下，去中国躲难。但当他们拎着大包小包出来时，才发现通往边境的路上站满了荷枪实弹的政府军。

他们只好原路返回。枪炮声响起来的时候，登经常会跑到后面的山上，向下凝望，也许在他幼小的心灵里，他一直都无法理解，好好的为什么要打仗呢。他常常问妈妈："我们什么时候能去长城？"

有一天，登去采药的时候，突然前面一列政府军冲了出来，接着后面又站出一对游击队，几乎是没有言语，便抬枪对射，登本能地趴在地上。大约十分钟后，满地只剩下呻吟声。

登没有感到害怕，他迅速地检查了一下伤者，有四个人还活着，登小心翼翼地把他们拖到了一起，然后通知了父亲。

　　在费了一番周折之后，父亲把四个伤者背到了山上的一个茅屋里。但紧接着问题来了，如何能保证这些刚才还拼个你死我活的战士在醒来后，不再相互残杀。父亲决定，三个人轮流看管。

　　轮到登值守的时候，他突然发现伤员们的身体都十分滚烫。登从小饱读医书，他知道要治疗发热症，最好的药材便是黄芩，但战火四起，想要去诊所拿药，基本不可能。登突然想起，父亲曾到后山顶上多次采集这种药材。

　　登决定冒险一试。带着绳索和背篓，登出发了。在山顶下的一个向阳的山坡上，登一眼就望见了大片的黄芩，登把绳索套在一棵大树上，他准备从这里下去，突然他听见父亲在大声喊他："不能下去，危险。"可是已经太迟了，他已经下去一丈了，等他想向上攀登时，才发现，悬壁太滑，他根本使不上力，正在挣扎间，父亲赶了过来。但是父亲并没有拉他，而是从另一头攀下来，然后把登背在了自己身上，两个人顺利滑下。父亲告诉登，那跟破烂的绳索根本承不起他的重量，要是晚来几分钟，后果不堪设想。

　　由于遍地是荆棘，虽然采回了黄芩，但登还是弄伤了手臂。

　　两天后，昏迷不醒的伤员终于清醒过来，正想登所预料的一样，看着眼前站着的敌方士兵，他们几乎是不加犹豫地扑了上去。但当绑满纱布的登出现时，所有人都静下来。一个士兵说："是你救了我们？"登点点头，然后示意双方坐下。登一字一字地说：“这是我的家，这里没有战争，只有爱。”

让登意想不到的是，接下来再也没争吵，没有硝烟，大家都聊着自己的家庭和理想，也许他们将来还会在战场上拼个你死我活，但此刻，他们都是情同手足的兄弟。

四个大兵在登家里住了一周，离开的时候，登并没有去送。走在下山的路上，所有的人都看到前面用蜡烛摆了大大的家字，再遥望山头，登正在奋力地摇手。

那一刻，所有的人眼睛都湿了，他们忽然觉得这个夏天不再漫长，因为在那片闪烁的烛光里，他们看到了爱，看到了最温暖的家。

第二辑

保持美好心灵

保持美好心灵，不拿走别人的自尊，不掠走别人的金钱，不抢走别人的自信，不粉碎别人自性具足的欢乐，不给别人雀跃的心灵大泼冷水——不夺走别人的灵魂。

和人沟通的时候，发自内心地去称赞。不批评、不审判、不伤害、不争输赢。不自我膨胀。多倾听、少说话。生气时不说话，因为说话如同在石上刻字，愤怒与怨恨时说的话，更是泼了硫酸。不争论。不试图去赢。否则只能双输。

保持美好心灵，我们是彼此交融的春水，不是互相碰撞的冰山。

鲁本的秘密

[美]英德拉·莎玛　著
庞启帆　编译

　　1945年,12岁的鲁本·埃尔在一家商店橱窗里看到了一件令他心动的东西，但是那东西售价5美元，远不是他能支付得起的。5美元几乎是全家一周的伙食开销了。

　　鲁本不能向父亲要钱。父亲的每一分钱都是靠在纽芬兰的罗伯茨海湾捕鱼挣来的。鲁本的母亲朵拉，为了不让五个孩子冻着饿着，差不多是一分钱当两分来用。

　　尽管如此，鲁本还是推开商店那扇久经风雨的门走了进去。他穿着面粉袋改做的衬衫和洗得褪了色的裤子，站得笔直，丝毫不觉困窘。他告诉了店主他想要的东西，然后说：“可我现在还没有钱，您能为我保留一段时间吗？”

　　“我尽量吧，”店主微笑着说，“这儿的人买起东西来，一般不会花那么大一笔钱的，一时半会儿也卖不出去。”

　　鲁本向店主道了谢，然后走出店外。阳光下清新的微风吹得罗伯茨海湾的海水泛起阵阵涟漪。鲁本迈着大步，下定决心：他要自己赚够那5美元，而且不告诉任何人。

　　听到街边传来的铁锤声，鲁本有了主意。

　　他循声跑过去，来到一处建筑工地。罗伯茨海湾边的人喜欢自己建房，用的钉子是从本地一家工厂买的。鲁本知道，那些钉子都是用麻袋来包装的。有时忙乱中麻袋就被建筑工人随手丢弃，而鲁本知道他可以5分钱一条把麻袋再卖回给工厂。

那天，他找到了两条麻袋，然后拿到钉子厂，卖给收购麻袋的人。

从钉子厂到家，有两公里的路程。他一路跑着回去，手里紧紧攥着那两个5分硬币。

他家旁边有个古旧的谷仓，里面圈养着他家的山羊和鸡。鲁本在那里找到一个生锈的铁罐，把两枚硬币放了进去。然后，他爬上谷仓的阁楼，把铁罐藏在一堆干草下面。

鲁本回到家时，已经是晚饭时分了。父亲正坐在厨房大餐桌旁摆弄渔网，母亲在灶台边忙碌着。晚饭即将做好，鲁本就在桌边坐下了。

他看着母亲，笑了。夕阳从窗户透进来，将她棕褐的披肩发染成了金色。苗条、美丽的母亲是这个家的中心，她像胶水一样使这个家紧紧粘结在一起。

母亲的家务活永远也没个完：用老式的"歌唱家"缝纫机为一家人缝缝补补，做饭、烤面包、照料菜园、挤羊奶、洗一家七口的脏衣服……可母亲是快乐的，全家人的幸福、健康在她心中是最重要的。

每天放学，做完母亲安排的家务活后，鲁本就在镇上搜寻装钉子的麻袋。他几乎踏遍了镇上的每个角落。学校开始放暑假的那天，没人能比鲁本更高兴了。因为他有更多时间去完成他的心愿。

整整一个夏天，鲁本除了干家务——给菜园锄草、浇水、砍柴和打水外，一直在进行着他的秘密任务。

转眼菜园到了采收的时候了，蔬菜被装罐腌制后储藏，学校也开学了。不久，树叶飘零，海湾吹起阵阵寒风。鲁本在街头徘徊，努力寻找着被他视为宝物的麻袋。

他经常饥寒交迫，疲惫不堪，但是一想到商店橱窗里的那件东西，全身就产生了坚持下去的力量。有时妈妈会问："鲁本，你上哪儿啦？我们等你吃饭呢！"

"玩去啦，妈妈。对不起。"

这时候，母亲总会看着他的脸，无奈地摇摇头，心想：男孩就是男孩。

时间很快到了次年5月，到处都是一片生机盎然的景象，鲁本也兴奋极了。是时候了！他跑到谷仓，爬上草垛，打开铁罐，倒出所有硬币清点起来。

他又数了一遍，还差20美分。镇上哪儿还会有丢弃的麻袋吗？他必须在今天结束之前再找4条去卖掉。

鲁本跑到街上，一路仔细寻找着。感谢上帝，在临近黄昏之时，他终于找到了四条麻袋。

拿着麻袋赶到工厂，天已经微暗了。收购麻袋的人正要锁门。

"先生！请等会儿再关门。"

那人转过身来，看到了浑身脏兮兮的、大汗淋漓的鲁本。

"明天再来吧，孩子。"

"求您了，先生，我必须现在把麻袋卖掉。求您啦。"那人听得出鲁本的声音在颤抖，知道他快要哭了。

"你为什么这么急着要这点儿钱？"

"这是秘密。"

那人接过麻袋，然后把手伸进口袋，掏出4个硬币放在鲁本手里。鲁本轻轻说了声"谢谢"，转身就往家跑。

返回谷仓取到储钱的铁罐后，鲁本直奔那家商店。

"我有钱啦！"他一本正经地告诉店主。

接过钱后，店主走向橱窗，取出已经属于鲁本的宝贝。

他掸去灰尘，用漂亮的包装纸把它小心包好，然后把这个小包放到鲁本手上。

鲁本拿着那个梦寐以求的东西，一路狂奔到家，冲进前门。鲁本的母亲朵拉正在厨房擦洗灶台。"瞧，妈妈！瞧！"鲁本一边跑向她一边大叫着。他把那个小包放在她因劳作而变得粗糙的手上。

为了不损坏包装纸，朵拉小心翼翼地把它拆开。很快，一个蓝色天鹅绒的首饰盒映入她的眼帘。朵拉打开盒盖，泪水顿时模糊了她的双眼。

在一个小巧的心状胸针上刻着金字：母亲。

那是1946年的母亲节。

朵拉从未收到过这样的礼物。除了结婚戒指外，她没有别的饰物。她哽咽着把儿子一把揽入怀中，脸上露出了幸福而骄傲的笑容。

趁着活着，再活一次

西 风

看了一部十年前的老片子：《一一》。台湾电影界的中流砥柱，已故导演杨德昌在2000年拍的一部力作。

在长达三个小时的，充斥着鸡皮蒜皮的生活表象下面，是一个个人从起点开始，又回到起点的圆的历程。这样的认知一旦确立，格外让人无力。

NJ是一个中年商人，书生气质，带着妻子和两个孩子以及岳母，住在台北一间普通公寓。岳母在他的小舅子婚礼上中风不醒，此后每个人都轮流在婆婆的床前跟她说话。

最先发现问题的是NJ的妻子。她几分钟就可以把自己一天所做的事情对母亲汇报完毕：早上做什么，下午做什么，晚上做什么，今天和昨天一样，昨天和前天一样，前天和去年一样……她哭泣不止："我怎么只有这么少？怎么这么少？我觉得我好像白活了……"NJ靠门站着，静静聆听，表情木然。生活如此疲惫，他没有力量给她安慰。

妻子走了，去山上清修。在此期间，NJ去日本做生意，见到初恋情人，两个人携手而行，谈笑风生，怀旧亦是如此温馨，让他重新变得年轻。然后，NJ的妻子回来了，因为她发现山上和山下也没什么不同。在家里，她说，妈妈听；在山上，别人说，她听。一样的了然无趣的人生。NJ也回来了。十年前，他因为不满意初恋情人对他前途的强硬安排而离开；十年后，二人之间虽然甜蜜和依恋仍在，可是，初恋情人仍旧想要对他现在的生活进行安排……

所以，每个人的生活都看似纷繁复杂，其实单调得可怕。所以NJ夫妻坐在床上，NJ才会讲："本来以为我再一次的话，也许会有什么不同，结果……还是差不多，没什么不同，只是突然觉得，再活一次的话，好傻……真的没那个必要，真的没那个必要。"他的话是一把钝钝的木刀，一点点削掉人们活下去的希望。

所以NJ的小儿子，才十岁的洋洋，会在婆婆的葬礼上，掏出一张纸来念："婆婆……我好想你，尤其是我看到那个还没有名字的小表弟，就会想起你常跟我说'你老了'，我很想跟他说：我觉得，我也老了。"

在纷繁复杂的世界，老得最快的永远是人心。

三个小时的电影，似乎只提出一个疑问："再活一次有没有必要。"有没有呢？假如导演只为了借NJ之口，说一个"没必要"，以打击大家生活下去的积极性，那就辜负了他对这个世界的真情。

在灰暗的人生中，洋洋像一枚小小的亮片。他一直不停地拿着照相机拍啊拍，专拍别人看不到的东西，比如自己的后脑勺。这个小男孩在竭力告诉我们，生活像一个半面的"一"，看似平凡、普通、平庸，可是，我们看不到的那个"一"

的另半面，是另外半个世界，说不定会美丽、漂亮、充满激情。所以，一定要找，要追寻。

这让人想起同样是2000年的一部力作，美国导演门德斯执导的一部影片：《美国丽人》。同样烦乱忧恼的日子，被不同的人过得同样的索然无味。只有一个青年瑞克，执着于用录影机拍下自己挖掘到的一切美，甚至包括一只风中起舞的白色塑料袋："那一天很奇妙，再过几分钟就要下雪，空气中充满力量，几乎听得到，对吗？这个塑料袋，就跳起舞来。像一个小孩求我陪她玩，整整15分钟。那一天我突然发现，事物的背后都有一种生命，一股慈悲的力量，让我知道其实我不必害怕，永远不必。它让我牢记，这个世界有时候，拥有太多美，我好像无法承受，我的心，差一点就要崩溃……"

两部影片好比小男孩洋洋眼中的世界，《一一》是前额，《美国丽人》是后脑勺，二者相拼，给出一个真正完整的答案：人生虽然灰暗，美却无处不在。只不过需要仔细寻找，才能真正发现。而找到的人，会趁着活着，再活一次。

不妨保持一点 "恰到好处的自卑"

罗 西

在张牙舞爪的世界里，保持一点自卑，就好像保持一点羞涩一样，是一种自我洁净，以抵御滚滚红尘。

她的左脸天生带一块胎记，所以有些躲闪，喜欢低头走路，不爱笑，喜欢黑夜和月亮，喜欢在无人的旷野看天上的云，11岁的她就觉得：云从不理她，是一种知心的善意。她不喜欢与人对视。

平时考试，她常常是班级里的第一名，但期末考，她必定空下最后一题，明明会做，为什么留白割爱？面对老师的疑问，她低头说："我不考第一名，不要上台领奖！"

原来，期末考第一名的，要在全校的表彰大会上登台接受嘉奖，而她宁愿不要，因为怕被众人注视，怕被人同情，怕其他孩子没心没肺的嘲笑。

极度自尊，让她懂得收敛自我，不露锋芒，这种令人心疼的自我保护智慧，似乎可以减少伤害、缓冲困境。站在她的位置想象她头顶的云朵，确实是一朵朵美好的忽略。

后来，我回信告诉她：你不是真的自卑，只能算是"恰到好处的自卑"，一个人不肯正视自己的短板和缺点，才是真的自卑，真的没有安全感。而你不是。

二十年后，她在微博里找到我，只是为了告诉我她现在很幸福，因为我曾经一句话的点拨让她慢慢开朗……

"恰到好处的自卑"是一种有分寸感的自我认识，这个时候，自卑就可能进化为谦卑了。

其实，小时候我也有过这样的自卑，逃避人群，喜欢稀疏的花，因为更清。不喜欢热闹与艳丽，喜欢木质的东西，这有点儿病态，是天生的，倒也无害，自带"大隐"模式，就好像自带半弯月亮，随时可以与世无争甚至与世隔绝一会儿。

月亮仿佛就是偷来的光阴。我的光阴都是月给的。曾写过这样一句话：看电影要么一个人去要么与相爱的人去，就像看星星。有些美事，就像孤独与偷窃。

也许自卑而敏感的人特别能领会这句话带来的自慰效果与美学。

每次看到笼子里不吃不喝的鸟，就觉得很像我的心。小时候看过一部译制片，故事忘记了，里面有句台词却记忆犹新："所有的好事都是被禁止的。"有时自卑很像自闭，自闭则像与生俱来的孤独。

随着年龄的增长，内心渐渐强大了，步伐大了，头也仰起来了……最好的医生是自己。曾经的"自卑"慢慢越过"自信"成了一种修为：即"谦卑"。其实就是还保留着"恰到好处的自卑"，这时它已经升华为一种美德，也是一种主动的智慧。

一般情况是：自信了，才可以谦卑，这是一种主动的选择。还有一种情况就是我这样天生自卑的，后来把它修剪成"恰到好处的自卑"，然后加以修饰就成了谦卑，倒是水到渠成，种瓜得豆。

有人说，这是个制造自卑感的时代，网红直播几个钟头就赚几百万，而你一辈子也赚不了那么多……这个时候，比较健康的态度是，不卑不亢，对热闹保持一定距离，留给自我一点"恰到好处的自卑"。人格独立而不生硬，你会因此很自在，更与人舒服。

没有完美，但是可以取长补短，截弯取直，每个人命里的好坏比例都差不多，可以骄傲，也可以自卑，如果能认识到这一点，就可以活得更自在，就不会太在乎别人对自己的态度。

自卑是天性，"恰到好处的自卑"则是人为。

这"恰到好处的自卑"就是谦卑。这时内心是圆润的，平和的，智慧的，慈悲的，与这个世界真正实现"和解"……

清醒地保留"恰到好处的自卑"，是利他的，就好像照相的时候，你站在第一排，自动地弯下腰或半蹲着，这是一种修养；如同有人犯错了，很自责，这个时候你最好的安慰是这么说："我也常常这样。"

能放低自我，是因为你够高了。

仁爱比聪明更重要

周 礼

本杰明·富兰克林是美国著名的政治家、科学家和外交家。在政治上，他左右逢源，游刃有余，参与了多项重要文件的草拟；在科学上，他认真严谨，发明了避雷针和双焦点眼镜；在外交方面，他老练沉稳，成功地说服法国站到美国这一边。然而，年轻的时候，本杰明却不是一个受人欢迎的人，被许多人称为"讨厌的家伙"。

其实本杰明没有什么大的毛病，就是说话比较直，喜欢与人争辩，处处表现得比别人高明。比如，当他看见别人吸烟，他就会说，你最好戒掉它，吸烟的人不会有好下场的。随后，他还会列举大量的事实，印证自己的观点并无半点虚假，仿佛这人不戒烟，明天就会去见上帝似的。当他看见别人穿了一件不太得体的衣服时，他立马告诉人家，你这样搭配不对，显得很老、很土，应该如何搭配才对。当他看见别人炫耀刚买的新鞋时，他立刻指出，你的鞋子买贵了，我在另一家商店看见过一双一模一样的，比你这双便宜一半。本来这个人希望得到大家羡慕和赞许的目光，谁知本杰明的一句话，一下子就让空气凝聚了。不仅如此，无论别人说什么，他都能提出不同的意见，可以说，只要与他聊天，气氛就会变得特别紧张，特别压抑，因此，大家都不喜欢他，都不愿与他待在一起。

有一次，本杰明的一位朋友忍无可忍，严肃地告诫他说："你别以为自己聪明，就可以打击每一个与你意见相佐的人。你的意见太珍贵了，没有人能够承受得起，你知道的东西太多了，没有人能教给你更多的东西。只要有你在场，没有人会觉得愉快，如果再这样下去，你终有一天会失去所有的朋友。"

朋友的话让本杰明大吃一惊，他从未意识到自己竟给别人带来了这么大的伤害，从那以后，他一改自己傲慢、狂野、好辩的性格，并给自己立下一条规矩，不在任何场合表现得比别人聪明。当别人的意见与他不同时，他常常说，也许你说得很在理，不过，我有另外一种想法，或许并不一定正确，但我想把它说出来，如果我弄错了，我很乐意你们帮我改正。当他想要表述自己的观点时，他常常说，我想，我认为，我觉得，很少再使用那些武断性的词汇。当别人出现失误或过错时，他不再立即指出，或当面驳斥，而是采用一种比较委婉的方式告诉对方，或是想办法为对方掩盖某些无伤大雅的真相。你别说，他的这些改变，很快就收到了意想不到的效果，人们不再讨厌他，排斥他，即便他有什么过错，别人还是一如既往地理解他，支持他。

此时，本杰明才深刻地认识到，有时候，聪明未必是一件好事，糊涂也未必是一件坏事，仁爱往往比聪明更重要，也更难做到。那些自以为是的人，通常并不高明，真正的智者不是如何表现自己，而是如何包容别人，如何让别人感到来自你的温暖。

有些事，男子汉不能做

[英] 威廉·萨默塞特·毛姆　著

庞启帆　编译

半夜时分，我被室外的响声吵醒了。我走到门外，看见父亲拿着来复枪站在台阶上。

"什么事，爸爸？"我问道。

"野狗，孩子。一定是那只吃了我们的羊的野狗。"父亲看着远处说。

澳大利亚野狗的号叫在寂静的夜晚显得尖厉而悠长。这声声的嚎叫正从两英里外的悬崖传到我们的房子。

父亲举枪朝悬崖的方向一连放了几枪。"听到枪声，它一定会被吓跑的。"父亲说。

第二天早上，我和父亲骑着马，沿着古老的山崖仔细搜寻着野狗的踪迹。突然，我看到了它。那只野狗正紧紧贴在一棵长在悬崖半腰的树的树干上，不停低吠着，全身还在瑟瑟发抖。

看来，穷凶极恶的羊群杀手身处绝境时也知道害怕。我想，它一定是在昨晚从山崖顶上掉下来的。现在，它上不去也下不来。

"哈，上帝显灵了。看我们怎么收拾你！"我为这意外的收获兴奋不已。

为了不惊动它，我们赶紧从马背上下来。

"爸爸，你打算把它打下来吗？"我小声地问。

"当然。这总比它饿死在那儿好。"父亲说着举起了他的来复枪。

我等着野狗应声而落，但父亲的枪声却没有响起。他把枪缓缓地放了下来。

"爸爸，你为什么不开枪？"我不解地问。

"现在不能，孩子。"

"难道你放过它？"

"当然不会，孩子。"

"那你为什么不开枪？"

"孩子，我这个时候开枪，对它来说是不公平的。"

我对父亲的话很不理解。但父亲执意不开枪，我也没办法。

第二天，我们又骑着马来到了那个地方。那只野狗仍旧伏在树干上。比起昨天，它已经显得有气无力。

但是父亲仍然没有开枪。

第三天，那只野狗消瘦了许多，并且显得虚弱无比。父亲慢慢举起了枪，但我看得出父亲是有些悲伤与不忍的。父亲瞄准了野狗，扣动了扳机。我紧紧盯着树上的野狗，期待着野狗的尸体无力地坠下。但我失望了。

野狗还在那里。可是在我的记忆中父亲从未失过手。

惊恐的野狗匆忙往后退，跳离了树干，紧紧抓住悬崖上一块突出的岩石，然后奋力地向上攀爬。看来，狗急了真会跳墙，也会攀崖。

"爸爸，快看！它跳起来了！快开枪呀，要不就来不及了！"

只见野狗紧紧贴着岩壁，四只爪子在凹凸不平的岩石上挣扎着一路向上攀爬。一会儿，它就爬到了悬崖顶。

"爸爸，再不开枪，就没机会了！"我急得直摇父亲的身体。但父亲仍然没有开枪。

我眼巴巴地看着身体极度虚弱的野狗翻越崖顶，慢慢在我们的视线中消失。

"你白白放它走了！"我愤怒地朝父亲大吼。

"对，我放它走了。"父亲望着野狗逃离的方向，平静地说。

"为什么？"

"你怪爸爸手软了，是吗？孩子。"

"可是，爸爸，你放它走，过不了几天它又会回来吃我们的羊！"

父亲看着微风中轻轻摇动的树干，幽幽地说："孩子，有些事真正的男子汉是不能做的。"

你的美好是最大的慈悲

瘦尽灯花

出去吃饭，遇到学生。

还记得当初我讲课，他坐在下面，清澈的眼睛像溪水，透着深思的神色。我任教的职高班没有什么升学压力，因而学风总是比较懒散，只有他一字一句很认真地跟着我念：种豆南山下，草盛豆苗稀。有时候看着下面的学生像被风吹得倒伏的东倒西歪的麦子，甚至会想，我这一堂课，其实就是讲给他一个人听的。

后来他毕业了，几年后再在街头遇见，我们擦肩而过。我知道他是我的学生，可是他不记得我是他的老师了。

我有一点小小的难过。不过人生就是这样。

这次饭局我是跟着一位当政府官员的朋友一起去的，人家是请他，不是请我，说白了，我只是个陪客。

大家落座，纷纷举杯，这个学生就坐在我的下首，一下子站起来，恭恭敬敬对我说："闫老师，我敬您。"

我惊了："你还认得我？"

他说是啊，当然了，我还记得您教我的诗呢：种豆南山下，草盛豆苗稀，晨起理荒秽，戴月荷锄归。

可是，记得我，在超市里，在长街上，打个招呼，很难吗？

然后，他附在我的耳边，悄悄地问："老师，您和赵局长是什么关系？亲戚还是同学？"

我说："都不是，我们是朋友。"

"啊，哦，"他点点头，"请您替我在他跟前美言几句哦。我在他分管的乡镇当检验员呢。"

我点点头说："好的。"

他马上感激涕零地说："那拜托了。老师我敬您，我干杯，您随意。"

我举杯浅浅啜了一口，放下了。

刚才他的眼神，好像带着钩子啊。而且他的话，也好像抹着油，因为他已经开始向我的朋友敬酒："赵局长工作兢兢业业，能力又强，在您的领导下做事，是我的荣幸……"

沈从文有一日见一大胖女人从小桥上过，于是"心里难过"。他是理想主义者，觉得杨柳春风度小桥的，应当是窈窕淑女。我不是理想主义者，可是为什么我的心里也这么难过。

一个闺密参加同学会，回来跟我哭诉，说她见到大学时暗恋的一个男生了。那个男生啊，高高帅帅的，穿着白衬衣灰西裤，像是阳光下生长的一棵白杨树。别的学生玩游戏，胡吃海喝，他每天安安静静地上课，笔记记得一丝不苟。别的男生浑身脏兮兮，他的衣服总是干干净净。她说："像我这么平凡的人，怎么配得上爱他呢？只要安安静静地看着他就好了。"

毕业后，她一直怀念了他十五年，终于见着，可是，"他挺着一个腐败的大肚皮，满嘴的油腔滑调，一边跟我打着官腔，一边递给我一张名片，上面写着'副科长'，更要命的是下面还有三个字：'没科长'。"她哭了："他怎么这样啊。我宁愿他一直一直不知道我喜欢他，也不愿意看到他变得让我一点念想也留不下。"

是啊，怎么都变成这样了呢？

贾宝玉无论怎样被他爹打着骂着，被袭人哄着劝着，被所有人逼着撵着读圣贤书，他的心里，却始终当自己是顽石，要维持天然模样；凤姐要使唤人传话，小红是宝玉的丫头，却眼尖跑来，堆着笑，巴巴在问奶奶使唤做什么事。凤姐看她好，要让她跟着自己，问她愿意不愿意，她说："愿意不愿意，我们也不敢说。只是跟着奶奶，我们也学些眉眼高低，出入上下，大小的事也得见识见识。"这就叫识趣。比起她来，宝玉活该被打死。

可是为什么现世里"假宝玉"纷纷变"真宝玉"，我却只觉得他们不仁慈。

莫名想起一句诗："我是天空里的一片云，偶尔投影在你的波心。"谁也不知道自己曾经是哪个波心里的一朵花，一片云，它本以为你美妙的倩影能抵得过岁月的风尘，却没想到云散花飞去，徒惹伤心。所以，如有可能，还请珍重，让你的美好多停留一会儿，就是最大的慈悲。

用纯净透明的眼睛看世界

瘦尽灯花

　　和朋友们一起喝茶，一边呷着杯里淡翠的茶水，一边听其中一个絮絮地讲生活趣事，细细碎碎的声音如梦似幻，伴随着缭绕柔净的音乐，宁静妥贴如在天外。

　　通常这种场合，我就是一堵有嘴的墙。自从数年前偶然因病发声困难，就养成了沉默哑静的习惯，渐渐觉出做背景的好。从容淡漠，好像和身边世界一瞬间拉开十数年，神游天外很方便。

　　结果另一个朋友端详了我一会儿，说："你是个有城府的人。"

　　"啊？"我纳闷："为什么？"

　　"越有城府的人才越会沉默，不动声色，就像你似的。"

　　"……"

　　这个话题一笑而过。它引发的后续反应是我当时没想到的。

　　后来一群人聚会，男男女女三三两两说说笑笑，那个讲生活趣事的朋友到得晚些，来后便和几乎所有人打招呼，却是目光像水银，从我的身上轻巧滑过，不肯停留片刻。看来大家对"城府"这个词普遍反感，生怕自己心眼儿缺缺，别人七窍玲珑，不定什么时候就被卖了，所以对盖了"有城府"的戳子的人，为自保起见，有多远离多远。

真冤。

《三国演义》里，曹操奔逃途中，借宿老头吕伯奢家，老吕的家人在后院商议宰猪宰羊招待贵客，"先宰哪个？"惹他生疑，以为要害自己，心头怒起，屠了吕家满门。曹操这个人心性奸狡，长一双鬼眼，看出去的世界自然也是鬼影幢幢；《乱世佳人》里的玫兰妮，被斯嘉丽恬不知耻地爱着自己的老公，还当自己是情敌，恨不得掐死了事，她却拿斯嘉丽当闺中密友，坚决站在因和自己丈夫拥抱而身败名裂的斯嘉丽身边，用实际行动维护对方清誉。这人天生长就一双佛眼，看每个人都纯净美好，整个世界金碧辉煌、佛光普照。

身外世界原本就是自己心理的一个投射，一千人眼中准有一千个哈姆雷特。鬼眼看鬼，佛眼看佛，凡人好比走钢丝，左摇右摆，半鬼半佛。一个"有城府"的评价害我莫名其妙遭冷落，从这个角度讲我是受害者；可是万一人家没这么想，只不过一时疏忽，忘记和我打招呼呢？我却派人家这么个大不是，我岂不也成了一个心怀鬼胎的人，一个害人者？

所以周国平会说，我们生活的世界风尘弥漫，道路纵横，稍有偏颇就会误入歧途；我们的心灵更复杂，混沌迷茫，无所适从，稍有执着就会走火入魔。所以有必要把大脑的温度降低一点，保持平常心，才不会被妄念和偏执所控制，成为头脑清醒、事理畅达、境界超然、充满智慧的人，人生也会更超然、更洒脱。换句话说，他的意思就是要把"感时花溅泪，恨别鸟惊心"的"有我之境"，变成无拘无碍、透明清澈的"无我"，才能活得更轻松、更快乐。到这个时候，管它别人城府有多深，作用于自己身上也好比捉影捕风，徒劳无功，又有什么好害怕和要紧的？

一个小女孩跟着妈妈坐火车，中途上来一个面目阴沉的乘客，衣着肮脏，所过之处众人无不掩鼻，面露睥睨之色，而且都不自觉地捂紧了钱包。看到这些举动，这个年轻的乘客眼神变得阴鸷狠毒。他在小孩的身边找到一个空位，疲惫地坐下闭目养神。忽然，一双小手拉了拉他的衣角，他睁开眼看，小姑娘手里拿着一个苹果，正甜甜地笑着，口齿不清地说："叔叔，吃果果。"他的手伸出去，简直不是手，就是一双在土里刨来刨去找虫子吃的鸡爪子，干瘦、黑黢黢、羸弱。捧着这个红红的大苹果，不知道为什么，他一下子泪如雨落。

半夜，人们昏昏而睡，这个神秘的乘客下车了。小女孩面前的小桌上放着一张纸条："亲爱的小姑娘，我输血感染了艾滋病，痛恨命运不公，原打算把病毒传播给所有人，是你救了我的心灵，我会好好走完剩下的生命旅程，然后在天堂微笑着向你送上祝福……"

你看，就像一本《来自水的讯息》的书里所说的，如果你对着一杯水，发射"善良、感恩、神圣"等美好讯息，水分子就会结晶成无比美丽的图形；而一旦把"怨恨、痛苦、焦躁、嫉妒、猜疑、怨恨"等不良讯息投射到这杯水上面，水分子的结晶就会变得支离破碎、形态丑陋。人眼看人，佛眼看佛，用一双透明纯净的眼睛看世界，这个世界就会变得，而不是显得，更美好。

财富带来的灾难

顾文显

在很偏僻的深山老林里，有这么一个村落。村子因为离闹市特别远——这么说吧，想走到山外遇上人，没个三天五天不成，所以，这里的人们日子很苦。当然，除了对付贫穷之外，还有水灾火灾狼虫虎豹的侵害，人们不管血缘远近，都能听从老族长的指挥，团结一致，同灾害和贫穷搏斗，虽然苦，相处得却是和睦。

可是，穷总不是哪个人都希望的。老族长整天为这日子愁哇，就吩咐全村的人，凡是能动弹的，除去忙种忙收的季节，都一律去大山深处探察，老话说，一方水土养一方人，不信老天爷不会给这一方子民留点好日子。

村里人今年找明年找，这一年夏天，有人在很远处一个山崩地裂的地方发现了一个大裂缝，往下一瞅，嗬，里面满满登登堆着的全是金银财宝！这下子山沟里的人见到活下去的希望了，他们马上将成为世界上最富有的人！

发现金银财宝，全村男女老少倾巢出动，凡是能用上的家什都用来装财宝，抢运到各自的家中。就这样，从夏天直忙到大雪封山，这才把裂缝里的财宝收完。

大雪封山，各家各户关上门来对着金银盘算今后的好日子：盖上高楼瓦房，穿上绫罗绸缎，吃香的喝辣的，使用丫鬟奴仆……就是不再受昨天那样的穷。可是，眼下这土炕破席烂棉絮，浑身虱子……更要命的是光顾上抢运财宝去了，种在地里的粮食没顾得上莳弄，长得不好不说，还全扔在地里，埋进雪底下，别说吃香的喝辣的，目前连粗粮咸菜也没有哇。

　　想要活命，就得吃饭。张三想，我穷了一辈子，总仰脸看别人的颜色，如今家中有了这么多金银，我就算暂时吃不上大鱼大肉，怎么也不可能亲自去雪地里扒粮食吃呀。花钱雇。雇李四，可李四还想雇王五呢，王五还想雇赵六呢。总之，大家都富了，谁也不肯守着黄金去干那下贱的营生，就那么大眼瞪小眼地靠。

　　家中积存的粮食就这么吃光了，雪还是没有要化的意思。人总得活下去呀，有的人想放下架子去雪底扒吃的，然而，已经晚了，所有的粮食都让老鼠吃得精光。唯一的办法是到山外去买粮，只要有了钱，还怕饿死吗？

　　谁去呀。大家都是家有万两黄金的主儿，怎么肯蹚着好几尺深的积雪到山外去？万一迷路了冻死在外，那今后的富贵日子怎么享受？于是，谁也不肯到外面去。你宁愿出钱雇我，我也宁愿出钱雇他，反正有的是钱，就是没人再那么缺心眼。给别人当马牛当够了，今天要尝尝有钱人的滋味！

　　就这样，山沟里的富翁们你靠我，我靠你，守着成堆的金银财宝饿肚皮，始终没有哪个肯出山买粮，救活大家的命。

后来，饿得实在受不了，有心吃糠吃树皮吧，可那是穷人过的日子，现在我这么多钱，哪能吃那东西！

这年岁底，好多人连饿带病，没享受到金银带来的幸福，却过早地离开了人世；第二年开春，又一场洪水，结果大家都不愿冒险跟洪水搏斗，怕死了就不能享受财宝嘛。洪水冲走了大家的家，把幸存下为数不多的人逼到山顶上避难。

老族长还活着。他对大伙说："我怎么也没想明白，原来咱们穷，可穷得好好的。如今有了那么多金银，却弄得家破人亡。看来这金银不是好东西，咱们想活下去，就别再指望那些金银了。"

于是，老族长领着大家离开深山，到山外逃命去了。这以后，他们尽管还是穷，可又恢复了从前的本分、和睦，而那些金银丢在山里，被人遗忘，也再也没人去找……

满　分

顾文显

　　秦越在班级里是个出名的"一根筋"，凡事只要他较了真儿，九头牛也拽不回来。本来，他学习成绩不错的，可是，高考临场没发挥好，以5分之差名落孙山。家里穷得靠最低保障金维持生活，哪里还有钱供他复读？秦越只好去给一位卖蔬菜的远房表叔打工，想辛苦一年，赚够复读的钱。

　　这一天，秦越按表叔的吩咐，到批发市场进了几样菜。一回来，就让表叔劈头盖脸好一顿训："你这个死羊眼，锻炼了半年，怎么一点长进也没有？将来做买卖，有老婆孩子也得赔进去！瞅你进的这几捆油菜，外面倒是像样，可捆儿中间夹了这么多半截的，哪个顾客会像你这么傻，人家挑选时会打开捆看的。剩这些半截拉块的，你卖给谁去！"表叔唠叨个没完，"现在考试，考生哪有不搞小动作的？就你硬充好汉，同学主动跟你交换答案都不答应，否则，早成大学生了，用得着跟我受这窝囊气嘛。"

　　挨了一顿训，秦越心情坏到了极点。可真是的，自己怎么就不会细心一点呢，这些夹短货的捆儿甩出去，不就没事了。这时，过来一位顾客要买油菜。他想，先把夹带半截的给称出去。然而，根本办不到，顾客很计较："小伙子，不麻烦你，我自己挑。"就这么卖到天黑，几捆劣质油菜一捆也没出手。

眼看商场要关门的时候，来了一位老爷子，站到秦越摊床前，先买了几样蔬菜，最后说："你再给我拿捆油菜。"这老头儿很好说话，自己不动手，任凭秦越给他拿菜。

机会来了。秦越拿了一捆夹短货的，象征性地往半空一举："老爷爷，您看这捆行吗？"

"行，你称就是。"

老头儿提着蔬菜刚离开，秦越心里忽然觉得无比难受。他天天被那些刁钻难缠的顾客弄得精疲力竭，难得遇上这么一位通情达理的顾客，老人家不砍价，不挑剔，一切都由他说了算，自从卖菜那天起，就从来没有人对他这么信任、尊重过。而他竟然骗了老人家，刚才那捆油菜是夹带短货最多的！远远望见老头儿正冲着出口方向蹒跚着走去，秦越的良心再也承受不下去了，他抓起一捆最好的，追上了那位老顾客："老爷爷，请您留步。"

老头儿让他的举动弄得莫名其妙。

"爷爷，对不起，您那捆菜里夹着些短的，我给您换掉。"

"噢，这点事儿呀。再长的也不能囫囵吃呀，无非择菜时费点工夫，没关系的。"

"不，爷爷，求您让我换了吧。一捆菜事虽然小，然而我辜负了您的信任。不让我补偿回来，我今天晚上睡不着觉。"他坚持从老爷爷的购物袋中换回了那捆夹杂着短货的油菜。

"嗨，怎么样？"一个熟悉的声音响起。秦越抬头一看，这不是自己的班主任欧阳老师吗。

欧阳老师笑了，说："秦越，你差点失去了一个千载难逢的机会。"

这老人原来是个老板，公司一直缺个忠诚老实的人选，替他看管库房，待遇自然相对优厚。昨天遇到朋友欧阳老师，跟他谈起此事，欧阳老师说，他有个学生，为人正直，高考时宁肯不打小抄，结果不幸落了榜。孩子家庭又困难，如果有个好工作，他完全可以边打工边自学。老先生大感兴趣，今天由老师远远地指认，他借口买菜，其实是打算目测一下这小伙子，只要看着舒服，明天就通知他去面试。

秦越红着脸站在那里不知所措。老人家笑了："秦越，明天去我那儿上班吧。我今天没有考试的意思，可是，这一捆油菜代替你完成了答卷，满分！一个这样尊重别人信任的孩子，他怎么可能让我失望。"

秦越自己也糊涂了：他事事认真，表叔从来没说他一句好；而今天头一次做了件错事，居然获得了个满分！

再续前缘

诗路花雨

开车回村，特意绕到颠簸荒凉的小径，宽窄仅容一个车身。刚才一路车流如奔，空气拉成一个又一个紧绷的长条，路两旁阴郁的天空下老树森列。如今站在空旷灰青的天幕下，眼前是秃毛稀黄的麦田，极目所及，一路延伸。昨晚急降一阵薄雪，如今尚有似隐似现的一层，覆着脚下冻草和旁边垒垛的红砖，覆着麦田。旁边还有一块芝麻田，枯茎垂挂着乌黑的枯叶，像冻展不开的旗。心里变得有一点空，有一点远，那一刻觉着活着有点意思。

真是，人不能离了土地。

可是说不离还是疏离，只站一会儿，冷风冻耳，赶紧爬回车内。

一个朋友爱爬山，家里堆着无穷的装备，登山鞋、登山杖、登山服。穿戴装备着这些，就像我逃回车里看天地，他的登山也隔着这如许的东西。它们连接了我们和自然，又把我们和天地隔开。我能看见一只长尾巴喜鹊落下又飞起，它的眼里却没有我的影子，它甚至不需要佯装惊慌地振翅飞去，在它眼里，我不存在。

重上大路，路旁一棵北方的老槐树，蓬着委婉的枝子，摆个扭腰拉胯的姿势，这是几个意思？可是它不理我的质疑，我也并没有停下来，抬起头，和它说两句。

"离缘"。就这两个字。

我们热衷于观赏、玩乐、旅游，就像隔着厚厚的缸壁观赏一条条热带鱼；或者是我们隔着厚厚的衣履，被山、石、树、木、草、云、天空、土地当成一条条怪异的热带鱼。我们不再和它们是一体，不再能像一株野草一样感受脚下的泥土是什么样子，不能像一只喜鹊那样感受翅膀划过天际，不能用一只兔子的眼睛去看眼前的世界，我们不能了解生灵们的恐慌，也不再具备生灵们的能力。

——不能因为我们会说、会写、会想、会开会、会斗、会和解、会权谋，就说我们是万物之灵。灵在哪里？

我们的先民当得起这个"灵"字，因为他们和它们生活在一起，他们懂它们的一切，而它们也懂他们的一切。在他们眼里，万物有灵，树有树神，花有花神，山有山神，水有水神，若要取用，需先征得万物的同意；而万物果真也就同意了，给他们树木造房屋，花果做粮食，水解渴，肉充饥。我们却只知道需要做家具的话，伐树就行了；需要做衣服的话，把蚕茧烫死就行了；需要吃肉的话，养猪牛来杀就行了；需要房屋的话，用钢筋水泥搭配就行了。我们的心里已经没有"它们"了，我们的心里只有"我们"和"我们的工具"。

看上去我们是一家独大，可是我们的心里不快乐。因为我们被自己孤立，丧失了与有情世界的联系。

若是哪一天，我们真的能走出去，像风掠过树叶，全身心融入花叶山水，找到自我与天空、与大地的联结，我们的生命有它们的参与，它们的生命有我们参与，或许才能真正找到生命有所归属的喜悦。就像一本叫作《灵境追踪师》的书里说的：

"让我们有一天，也能在家乡的山里，踩着安静的步伐，追踪飞鼠的行踪，或以山羌的眼睛也看世界，以黑熊的舌头来品尝大地。待我们能够脱下使我们与自然分离的隔离层后，或许有一天，我们将可以重新与自然大地再续前缘。"

听 画

清 心

去美术馆看画展，从不拍照。

相机只是记录，告诉自己或别人，你曾去过什么地方，曾经欣赏过哪一幅画。然而，这并不代表你真正读懂了那幅画。何况，拍照会分心。可以确定的是，按下快门的那一刻，你的心早已从画作上游离。

看画时，我只带着眼睛和耳朵。有时，与一幅画对视良久，连眼睛都变成了辅助器官，唯有耳朵越发灵动鲜活起来。如同春风吹皱一池碧水，那么轻盈空阔，那般深远静美。

别人是看画，我却在听画。听画的倾诉，听画的歌唱，听画的哭泣与欢声笑语。

有时，我问自己，你怎么会爱上听画呢？常常，我呆呆地站在一幅画作前，一听就是几个小时。与画相伴的时光，周围的一切仿佛都不存在了，天地间只剩下我和画。画在痴痴地唱，我在醉醉地听。听着听着，不禁莞尔一笑，有时，眼睛还会淌出咸咸的泪水。

白云怡意，清泉洗尘。此时此刻，整个世界都是我一个人的前世今生。

也许，很多事情都是与生俱来的。是一场接一场的花开，悄无声息地潜伏着，某一天突然就绽放了。

比如听画。30岁的某一天，它似一阵风吹过，我知道，那是天使的脚步声。

青春时，曾深深痴迷过很多事情。待长大些，莫说痴迷，有些事竟是连做都不会去做了。大浪淘沙，时光带走的，本来就是应该离开的。此去经年，被岁月沉淀下来的人与事，才是生命中最重要的。

画是有心的。画的心会说话，是光阴里的唐诗宋词。

印象最深的，是法国现实主义画家米勒的《晚钟》。画面上，夕阳西下，一天辛勤的劳作结束了，一对农民夫妇刚听到远方教堂的钟声敲响，就放下手里的活计，自然而然地脱帽合掌开始祈祷。他们无疑是朝圣的。即使衣衫褴褛，仍旧拥有一颗感恩的心。欣赏这幅作品时，我仿佛听到了辽远空旷的声声钟鸣，亦听到了端肃虔诚的轻轻祷告……他们不过是人世间一粒卑微的尘埃，那样渺小，那样孤独，那样无奈……好在，生活的重压下，他们内心还有信仰可以支撑。因此，虽然生活惨淡凄凉，他们的内心却没有怨怼，没有抵抗，更没有悲哀。

一直喜欢米勒的画。他的质朴与悲悯，宁静与超然，深深打动了我。他说，虽然生活是悲苦的，但是，我绝不忽视春天。他的画，不在笔尖，不在画布上，而在他的心里。

画是素心花，我是素心人。我想，在听画时，画，一定也在听我。其实，我听的不是画，而是对生命的关注与觉醒。

我听的是感动，是深情，是宽阔，是欢喜，是那颗千疮百孔却依旧生机盎然的心……

深情地活着，
美好地老去

黄琼会

    难得这样安静的午后，可以安静地一个人坐在温暖的南窗下、喝茶、读书、写字。于我来说，能够偷得浮生半日闲，将时光浪费在一些美好的事物上，心情总是愉快美好的。

    尽管这样的时光，也是稍纵即逝，但无事如此静坐，一日当两日。感觉只要心慢下来，静下来，时间也就慢下来，静下来了——抬头，看冬日的阳光，从两点钟温暖的明黄，慢慢延展成三点多透明的橘黄，再到四点多稀薄的淡黄、淡白，而后渐渐隐没于重重楼宇之外，厚厚的云层不断堆积过来，布满窗外的整个天空，五点钟的天色，便是一派灰白，抑或灰暗了。

    "一天很短，短得来不及拥抱清晨，就已经手握黄昏。一年很短，短得来不及细品初春殷红窦绿，就要打点素裹秋霜。一生很短，短得来不及享用美好年华，就已经身处迟暮……"总是轻易地，就被这些诗句所打动。时光的剪刀，总在不经意间，把岁月一段段剪短。翻过的日历，无法再重复，走着走着便发现，一日难再晨，韶华不再来。人生是一个过程，似朝阳至日暮，又似春花、夏叶、秋实、冬雪，一年四季的变换。想来几许光阴辗转，半是虚度，一番似水流年，亦半是惆怅。

不得不承认，时光是一本仓促的书。我们生命里的每时每刻，一天、一年、一生，都是稍纵即逝的美，都是无法重来的曾经。青春很短，短到来不及回味，就已经年华不再。爱情很短，短到来不及把握，就已经两两失散。幸福很短，短到来不及珍惜，或许就没了明天。

一切总是经过得太快，而我们，总是领悟得太晚。属于我们的时间总是很短，一旦擦身而过，也许永不邂逅。我们来不及认真地年轻，待明白过来时，只能选择认真地老去了。

世界是错综复杂的，生活是随遇而安的，心情是冷暖自知的。相信精诚所至，金石为开。相信不忘初心，方得始终。这些年曾经的路途，曾经的风景，有过的欢喜与忧愁，幸福或悲伤，都是成长中的吉光片羽，都沉淀成了生命里的山山水水。所有的经历，无论坎坷还是平淡，虚空或是充实，得也好，失也好，都是一个人的苦乐年华，一个人的清欢人生。

在繁忙的间隙喝一杯清茶，在安静的午后读几页闲书。在三月的春山中，听鸟喧，赏新绿，看万物生长。在秋后的树林里，采野菊，拾松果，踏一地落叶。在熹微的晨光中，演奏一支锅碗瓢盆交响曲。在黄昏的晚霞里，想起远方的朋友和亲人。在一根突兀的白发里，乍然看见时光的闪电。在莫名的忧伤里，浮现一生最爱的面容……

——就这样明白过来，就这样认真地老去。

只愿做一个简单的人，放下执念，回到最单纯的欢喜，不浮、不躁，不慌、不忙。一如林清玄先生所言，以清净心看世界，以欢喜心过生活，以平常心生情味，以柔软心除挂碍。只愿用心地珍惜每一个当下，珍惜这个有情的世界，珍惜每一寸无价的光阴，珍惜所有美好的事物，淡定从容地过好每一天。也许，只要把每一天过好，就是把这一辈子过好了。

也许我们所有的珍惜，所有的努力，不过是为了在这个有情的世界，深情地活着，美好地活着。世事山长水远，从来风雨兼程，我们紧握于手心的，也仅有这一生一世的美好，仅有这一生一世的深情。

感觉这样深情地活着，即使再苦，再难，也是美好而珍贵的。时光不断流逝，是这些美好的事物，一直在我们身边，一直在我们心底，成为了细水长流的美好。是这些美好的事物，一次次滋润着我们生命辗转弯曲的河流。一天天、一月月、一年年，以认真、以执着、以珍惜，走向内心那片蔚蓝而深静的海。

"我爱高山的同时也爱着它的倒影，那美好的事物因此被我爱了两次。"两次，一次是成长，一次是蜕变。一次是经历，一次是叙述或回忆。而成长与蜕变，叙述或回忆，就是生命的倒影吧。或刻骨铭心，或云淡风轻，但一样都是生活的恩典，一样值得去爱。

我相信，这样一回回的行走和遇见，一遍遍的经历和回忆，会是一个人明心见性的过程。所有发自内心的爱与珍惜，都是一场场深刻而美好的修行。一遍是灵魂的必需，一遍是命运的必然。

是的，只要两遍，我的心就安静了，就自在了，就回到单纯的欢喜了。且把一日当作两日，如此，一生恍惚两世——我愿意，在这个有情的世界，深情地活着，认真地爱着，美好地老去。

第三辑

给生活一张漂亮的脸

都想改变世界，都慨叹世界无法改变，因为大家皆是如此，所以世界积重难返，甚至想要清醒、快乐、不失望地过完这一天都这么难。

不要紧。

假如世界是片大桑叶，这桑叶上的"蚁蚕"所要做的只是每天吃上一点点。

我们每天所要做的也很简单，就是每天对人好一点。

不需要昂贵的花费，不必有复杂的行为，只要你的笑容愉快，自然甜美，面对别人的时候面目不森冷，看待别人的时候眼光不似针。你的愉快笑容也换来别人的愉快笑容，你的举手之劳也换来别人的举手之劳，你的一朵微笑也换来别人的一朵微笑，就算世界是冰山，也不怕它不融化，只要有太阳温暖持续地照耀它。

只记着那些好

李红都

她曾做过很多相似的梦，在法庭中、在马路上、在大海边……她咬牙切齿地与那个"恶人"决战。但她却始终不知道那个戴口罩、穿白大褂的"恶人"姓其名谁？

"他是谁？告诉我他的名字。"已N次询问爸爸，那个在她童年发烧求医时给她错开了抗生素造成失聪的当事医生叫什么名字。

好几次问起这个话题时，爸爸便痛苦地锁紧眉头，目视窗外，把拳头握得紧紧的，妈妈拉过她，在纸上匆匆地写："别问了，你爸当年恨不得跟那个大夫拼了命的……"

"那为什么不告诉我？他是谁？我恨他一辈子！"她抓起桌子上的杯子狠狠地摔在地上。玻璃的碎片滚了一地，亮闪闪的，像她伤心的泪滴。

"那个年头很多人还不了解抗生素对听神经的危害，而且当时的法律制度也不够健全，官司咱打不赢。爸妈来承受这个苦和恨已够了。你没有必要记住他是谁。"妈妈流着泪安慰她……

很多次都是这样，结果不了了之。她试图忘记他，可是，当她跟着心力交瘁的爸爸在四处求医的路上艰难地奔波，花空了家里的积蓄仍没治好耳朵。她就又忍不住地去恨那个医生。

爸爸找来纸和笔："乖，对你好的人多不？上课老师让你坐前头便于你看清口型，下学同学让你看笔记，帮助你及时跟上讲课的进度；街坊里好多人都热心地帮我们打听治耳朵的信息；妈妈的同事李老师每年暑假都为你做漂亮的连衣裙，把你打扮成人见人爱的小公主；我带你到上海治病，好心的房东每次买了水果和点心也给我们送一些尝尝；那年在秦皇岛，治了两个月还是没有治好，你想不开了，那个陪着孙子一起来治病的山东老奶奶和我一起苦口婆心地劝你……你再想想，值得你感谢的人还有很多很多，为什么不去多想想别人的好？"

她心里的阴云就在爸爸的开导下渐渐散去。她开始留意身边人的好。

她发现，面对她听的迟钝，周围总有很多善良的人能报以理解和包容；她发现，她的朋友和亲人都是她的耳朵，帮她克服了一个个学习和生活上遇到的障碍；她发现，在外面遇到沟通不便的时候，总有认识或不认识的人帮她度过"难关"……父母每次带她到一个城市治病，无论多忙多累，都会抽空带她游览当地的名胜，她感受到了亲情的珍贵和大自然的美丽、宽博……原来，生命中有这么多美好的人和事值得她去留恋和珍惜，原来自己拥有这么多的幸福和快乐，实在不值得为曾经的失去而痛苦一生。

她的心被看到和感到的美丽温润着、感化着，她心里的那个怨结越来越小，她学会了感恩，懂得了包容，知道如何用宁和的心态面对残疾后的生活。

因为感恩，她真诚地回报着帮助过她的人；因为包容，她不再计较生活中的小是小非；因为宁和，她体会到了笑看云卷云舒的曼妙……她欣喜地发现，走出了心灵的阴影，她的胸怀和人生路都在越变越宽，朋友也越来越多，她的快乐在与日俱增着。

有一天，她告诉爸爸："我感到，我心里已找不到曾经那个仇恨的影子了，我能清楚地记着的，都是那些值得我感谢的人。"

爸爸笑了，写下了一段她一生都忘不了的话："当年我不愿意告诉你那个大夫的名字，也不愿意在你面前提这件痛苦的事，就是因为我不想让曾经的伤害在你心里播下仇恨的种子，不想让你生活在怨恨的阴影中。我只想让你记着那些美好的人和事……"

如今，每次回忆起爸爸当年的话，她心里便弥漫起阳花下荷花的芬芳。是啊，心灵的空间是有限的，只有少放进一些阴影，才能多些空间容纳阳光，只有阳光充足的地方，花儿们才能健康茁壮地成长。

微笑着与生活和解

王风英

周末，我想打扫一下屋子。在楼道里贴的小广告上，我找到了一个家政服务公司的电话号码，随手就打了过去。接电话的是一个女人，说话倒也干脆利索，我们很快就谈好了价钱，定好了时间。

按照约定的时间，第二天上午8点，门铃准时响起。我急忙去开门，一个50多岁的女人和一个30多岁的男人站在了面前。我仔细打量了一下这两个人，男人个子高高的，看起来很能干，而女人却是瘦瘦小小的样子。我开始怀疑起眼前这个女人来，她可能看出了我的心思，连忙说："别看我这么大年纪了，我做家政已经好几年了，活儿也会做得让你满意的。"一旁的男人也随声附和："是这样的。"既然如此，我只好闪身让他们进来。

两个钟点工进门后挨个将每个屋子查看了一遍，然后就挽起了袖子，开始有条不紊地打扫起来。他们每打扫一间屋子时，我就开始配合着他们一起来回搬东西，没过多久，他们就把每个屋子都清扫了一遍。接下来，他们开始擦阳台的玻璃，女人个矮负责低处的，男人个高负责高处的，他们配合得很是默契。

　　女人干活果然认真仔细，那些藏在推窗缝隙里的土，女人会用一把特殊的小刀一点一点地往外清理出来。说真的，我也用过一些钟点工，从没见过哪个人如此细心。我开始对这个女人关注起来，发现她嘴边总是有一抹笑意，便和她闲聊起来，我问她："你怎么这么大年纪了还出来干这么累的活儿？"女人立刻收住笑容，嘴里发出了一声叹息："唉！说来话长，儿子他爸去世早，我自己辛苦了很多年，总算把儿子养育成人。儿子参加工作那年，说什么也不让我出去做工了，为的是让我在家安心享福。儿子给别人开货车，白天黑夜连轴转，可能是太累了，就把车开进了沟里，人是活过来了，可是双腿却瘫痪了。"我无限怜悯而又同情地望着女人，并问她："可是你并没有被生活打垮，依然这么乐观。"女人回答我说："其实，我也想到过死，觉得老天爷处处和我过不去，既然这样，还不如死了的好。可我死了，儿子怎么办？一想到这些，还不如高高兴兴地活着。"

　　停了片刻，女人又开始叙说起来："生活虽然不易，但儿子却很懂事。那年冬天出去干活，可能是天太冷了，我的手肿裂得不像个样子，儿子发现后，在家号啕大哭，把自己的头往墙上撞，说自己没有用。后来我答应儿子以后出来只干些轻松的活。所以我在外做钟点工的事，一直瞒着儿子，我告诉他我现在给一家单位看大门。"这时女人的眼睛里溢满了晶莹的东西，我们都开始沉默不语。

　　大约十几分钟后，女人的脸上重又放起了光彩，女人对我说："做家政虽然累点，但能挣钱，第一年做家政我就攒钱给儿子买回来了一台电脑，想让儿子在家上网多看看新闻，聊聊天，也不至于寂寞空虚。儿子很争气，利用电脑学写文章。对了，我儿子上学时的作文就经常受老师表扬呢！这不，几年下来，儿子在全国各地的报纸上发表了很多文章。最主要的是，儿子说等他能挣到足够的稿费养家时就不让我出来工作了，到那时，我就可以安享晚年了。"说完，女人一脸的幸福。

快12点时，家里已被他们收拾得窗明几净。我急忙从包里掏出钱给他们结了账，送他们走出家门，不知怎的，我的心却因女人的故事一直久久不能平静。

生活中，很多时候，厄运总是毫无征兆地突然降临在我们身上，面对苦难的人生，我们与其和它过不去，还不如拿出行动力，微笑着与它和解。微笑着与生活和解，生活就会变得芳香馥郁。

如果幸福像芝麻

卫宣利

街上打烧饼的，是一对父子。一间小屋，一架炉子，外面是父亲，黑，瘦，花白头发，微微佝偻的背，脸上总有和蔼的笑。他负责翻饼，收钱，有时一堆人围着，他也记得先来后到，按顺序给饼，从未出错。里面是儿子，红润的脸，结实的手臂，白色的 T 恤和围裙，发型却很时尚，蓬松着，染了彩色，看年龄，应该是八零后。他的面前，一张案板，一堆面，他揉面，拍饼，一个饼成形，不过几秒。每次看见他，都大汗淋漓。

他家的饼，与别人的不同。外焦里软，烙得金黄的饼上，星星点点地落着些芝麻粒，咬一口，脆生生的焦，软乎乎的香，慢慢去嚼，那些小小的芝麻粒，让你口腹生香。

吃惯了他家的烧饼，每天傍晚都去。有时候人多，一群人都静静地等，看着他们父子紧张有序地忙活。后来有一天，小店忽然挂了暂停营业的牌子。我傍晚从店门前过，心里竟有淡淡的失落，猜测着，不做了吗？还是家里出了什么事？十几天后，忽然发现他们重新开门了，不同的是，老爷子的位置，换成了一位年轻妩媚的女子。这才知道，原来小伙子回家结婚去了。我冲小伙子心领神会地笑，一直担忧的心，仿佛落到了实处，安然而快乐。小伙子回我一个羞涩的笑，溢满幸福。

小区里收废品的，是一对夫妻。车库旁边的角落里，有一间小小的房，他们收来的废品，都暂时存放在那里。门上斜挂着一个牌子，上面写着女人的名字和手机号，她竟然叫张爱玲。女人当然和文学小资张爱玲没有关系，她不识字，极俗，嗓门大，自来熟。我们小区的邻居互不认识，她却见谁都打招呼，亲热得像自家亲人。她的衣着很时髦，T恤衫，牛仔裤，运动鞋，都是流行的款式。问她，她不好意思地笑，说，闺女穿剩下的，扔了可惜。

男人不大爱说话，黑红的脸，衣衫破旧。做事却极细致，收来的乱七八糟的废品，他都耐心地捆扎整齐。有一次我看到他，用收来的包装条编提篮，居然有漂亮的花纹。我忍不住夸赞他，他憨憨一笑，慷慨地把提篮送给我，说，买菜用，省得用塑料袋。

有一天我从外面回来，正碰上他们去卖废品。男人骑着三轮车，女人骑自行车与他同行。他们从我身边走过时，我忽然发现女人的左手并没有放在自己的车把上，而是握着男人扶车把的手。我呆呆地看着他们远去，心怦然而动。这对生活在最底层的夫妻，竟然把牵手这两个字诠释得如此美丽。

夏夜，逛街回来，已经华灯初上了。路过邮局，看见一个流浪汉正在门前布置自己的寝具。他打开随身的黑乎乎的包袱，取出凉席和被子，居然还有枕头。一样一样细致地摆放好后，我以为他要结束一天的奔波，安然地睡个觉了。却没有，他盘起腿坐在"床"上，从包袱里又掏出一样东西，等他摆弄好，我才发现那是一盘木制的象棋，很廉价的那种。路灯昏黄的光打在他的棋盘上，有点暗，但是已经足以让他在楚河汉界上厮杀了。他在别人的屋檐下，在自己的江湖里，在这样一个微风习习的夏天的夜晚，开始惬意地释放自己的灵魂，做自己的英雄。也许明天，他又要为果腹而奔忙，但是这一刻，他面容安祥目光沉静，像一个运筹帷幄的大师。

世界如此之大，每个人都微如草芥。生活如此匆忙，我们每天都要为生计奔忙，常常力不从心。可是你，我，他，我们每一个人，在这繁杂的生活中，都有属于自己的幸福。与心爱的人结婚，牵手，有独处的时间面对自己的灵魂……即便那幸福只有芝麻粒那么大，如果细心拾取用心咀嚼，也能尝出香喷喷的滋味。

美给自己看

崔修建

　　朋友带我一路翻山越岭，前往深山密林间，去寻找那位养蜂人，只为给远方的亲人买到最为纯正的蜂蜜。

　　路上，朋友告诉我，那位养蜂人很能干，也很能吃苦，每年他都要带着蜂箱，去很远的山林里，找到蜜源最丰富、最安全的地方，一个人驻扎下来，长时间地忍耐着孤独，直到收获了让人啧啧赞叹的蜂蜜，才会欣然地回到山下的小村，和家人幸福地团聚。

　　养蜂人的妻子身体一直不大好，他赚的钱，很多都换成了妻子的药费，他对妻子的种种好，熟悉他的人没有不翘大拇指的。前年，他的妻子病逝了，原本就有些不大爱说话的他，一下子变得更沉默了，人也苍老了许多。他有一个女儿，在南京读大学，听说学习挺好的。只有提起女儿，他的话语才会多一些，语气里也多了自豪。

　　在转过一个山窝窝时，一条清凌凌的小河，突然出现在面前。河水清澈见底，河中有巨大的白岩石和光滑的鹅卵石，石缝间有小鱼欢快地游着，我俯下身来，掬一捧河水送入口中，一股惬意的清凉直抵肺腑。真爽，我不由得又喝了几口。

蓦然抬头，前面不远处，一个穿红格衫的女孩，正蹲在河边的那块青石板上，蘸着河水，轻轻地揉洗着长长的秀发，绵软如絮的阳光，轻吻着白嫩的臂膊。她没有使用洗发香波，也没有用香皂，只选了从山中采来的天然皂角。那垂向河水的如瀑的黑发，与她柔曲的腰肢，以及身后那青翠的山林，构成了一幅天然的美图。

女孩直起身来，拿出一把木梳，以河水为镜，一下、一下，爱恋有加地兀自梳理着湿漉漉的秀发，像一只极为爱惜自己羽毛的孔雀。

真是一个爱美的女孩。我轻轻地赞叹道。她是美给自己看的，朋友一语轻松道。

是的，她一定是居住在幽深林间的某一个小屋，很少有人能够看到她的美，但那又何妨？她可以美给自己看啊。

继续往前走，眼前猛地冒出一大片开得正艳的芍药花。我和朋友都惊喜地喊叫起来。我们跑过去，欣喜地用手抚摸着，贪婪地嗅着花香，还拿出手机，不停地拍照，恨不得把那令人惊颤的美，全都收录下来。

可惜了，藏在这样的深山老林里，很少有人能够看到它们的美丽。朋友有些惋惜道。

它们是美丽给自己看啊！我立刻联想到了刚才在河边洗发的那个女孩，想起了朋友的话。

对，它们的美丽是给自己看的。我和朋友恋恋不舍地走开了。

终于见到了那位养蜂人，他穿一件很干净的深色衬衫，头发整齐，胡须剃得干干净净。真是一个利索人，与我想象中的蓬头垢面、胡子拉碴的形象，实在是相去甚远。

距离那一大排蜂箱两百多米远，有他搭的帐篷，还有用枯树搭建的凉棚。他从凉棚底下，搬出一罐罐封好的蜂蜜，一一地介绍给我们，热情地让我逐一品尝，果然都是上好的蜂蜜，他的要价也不高，比我预想的还要低一些。我有些眼花缭乱地选了好几种，朋友直笑我贪婪，要背不动的。养蜂人送我一个大塑料桶，告诉我回去后马上把蜂蜜倒出来，换装成小罐，还叮嘱了我许多保存蜂蜜要注意的事项。

愉快地交流中，我发现，他的居所四周都做了精心的美化，碎石块砌成的排水沟，藏在幽密处的厕所，帐篷前居然还移栽了两大排野花，有幽兰、芍药、矢车菊、如意兰、扫帚梅，还有一些是我叫不出名字的，他的凉棚上缠绕的，则是一簇簇牵牛花和紫藤花。

我不禁赞叹他是一个热爱生活的人，独自在这来人稀少的地方，还把一切都安排得那样井井有条，那样让人看着舒畅。

他不好意思地笑笑，告诉我们：已经习惯了，一个养蜂人，走到哪里都是家，是家就要装扮得漂亮一些，没有人来看，就给自己看。

是美给自己看。我和朋友相视一笑，不约而同地总结道。

就算是吧，干净一些，利索一些，漂亮一些，自己看着心里也舒坦。养蜂人说着，把一个自己用桦树皮编织的精致的小花篮送给我，我道了谢。想起了朋友说过他喜欢看书，从背包里掏出特意带来的自己写的书。看到我在书上签了名，他满脸自豪道，以后再有人来这里买蜂蜜，我就拿给他们看，告诉他们说，我有一个省城的作家朋友，也喜欢我的蜂蜜。

我笑着对他说，您的蜂蜜不用我的书打广告，看到您周围这一片美景，就能想象得到。

此行不虚，不仅买到了上好的蜂蜜，还有了惊喜的发现和由衷的感喟——无论身处何地，无论日子是否顺意，都应该像那些恣意绚烂的野芍药，像那个临河梳洗的少女，像那个把自己和帐篷里里外外都装饰得漂漂亮亮的养蜂人。即便没有人欣赏，那也要尽情地美给自己看。

"模拟葬礼"中体会生命的宝贵

小 洁

今年以来，我简直是倒霉透顶，失业又失恋了。在这样的双重打击下我难过得要死。恰在此时我接到了在首尔工作的姐姐打来的电话，她极力邀请我到韩国旅游。

首尔是座非常美丽的城市，姐姐陪着我到处走走逛逛，我的心情似乎也好了很多，但内心深处失恋的阴霾仍未驱散。

一天，我们在游玩时看到了这样一份广告：如果你感到自己工作压力太大，或者对这个世界充满了绝望，那么，就请你先到棺材里去躺着休息一下吧，提前"死一回"也许会改变你的一生……我们被这则奇特的广告强烈地吸引了，并马上按地址找到了这家公司，一位郑姓经理热情地接待了我们。通过交谈我们了解到，这家公司的业务竟然是专门为活人举行"模拟葬礼"。听罢我们惊讶得目瞪口呆，给活人办葬礼倒是第一次听说。新奇，太新奇了！

没想到这时姐姐在背后捅了我一下，怂恿道："小妮子，怕不怕，要不我们也体验一下？"我不以为然："有什么可怕的，试试就试试。"

很快我和姐姐换上了一身麻织寿衣，我们还相互打趣，真有几分要死的感觉。"模拟葬礼"是在一间很大的礼堂里举行的，礼堂的中间摆着一口口黑漆漆的棺材，让人不寒而栗。我的双手不禁有些发抖，姐姐轻轻地拍了拍我肩膀，小声说，放松，不害怕，有我在。接下来，有人在礼堂里点燃了许多蜡烛，然后开始播放哀乐，悲痛哀婉的音乐声中我感受到一种非常压抑的氛围，仿佛我们的生命真的到了尽头，在与亲人"生离死别"的时刻，我们开始写"遗嘱"和墓志铭。

一时间我心绪难平，思绪飞扬中想到了很多很多，而提笔那刻仿佛笔重千钧，但我还是写下了这样一份"遗嘱"：

感谢亲人，感谢朋友，感谢世上所有爱我的人和我爱的人。23岁正是人生最绚烂的年纪，我曾经拥有许多幸福，也曾经拥有珍贵的亲情和友情，这一切都让我分外珍惜。可是当生命即将终结的时刻，我将不会有任何遗憾，因为我是带着爱和微笑离开的……

遗嘱和墓志铭写好以后，我们就站到一口口棺材的前面，而每具棺材正面都贴着我们各自的"遗照"。在进入棺材前，我们被要求大声宣读遗嘱，一边读我一边忍不住地泪流满面，而脑海里不住地回放着过去的一幕幕，其中是点点滴滴的美好回忆，可如今这些记忆只好珍藏了，仿佛我真要与这个世界告别……

宣读完后，按工作人员的指引，我胆战心惊慢慢爬进了一口黑色棺材中，正好只能容下一个我。接着我的心脏开始像踹了一个小兔子一样扑通扑通地跳。然后棺材被工作人员很快地盖上了，又钉上了"铁钉"。那一刻我的眼前立即一片漆黑，听着外面叮叮当当的声音，我的心不禁提到了嗓子眼，开始猛烈地狂跳，我还活着吗？怎么真的感觉像死了一般，一时间，时间仿佛静止，我的思绪也再次停止了，我在心里对自己说，好吧，让我上天堂吧，忘记人间一切忧伤，只记得所有快乐和人间世的美好……

大约15分钟后，可我感觉大约有一个世纪那么漫长。当棺材盖子被打开，当阳光透进的一瞬间，我的眼睛下意识地慢慢睁开了，庆幸自己还活着，活着的感觉真好！我迫不及待地起身，兴奋地大喊大叫了起来，姐姐，你在哪？我活着，还活着！这真是太好了！姐姐这时也朝着我冲过来，我们姐妹紧紧地抱在一起。此时我的心情顿时豁然开朗。我活在这个世界多么幸运！有爱我的人和我爱的人，还有什么事情想不开呢？激动中不禁潸然泪下。姐姐会意地拍拍我的肩膀安慰我说："小妮子，想开些，人生没有过不去的坎儿，你要坚强。"我点点头，并暗自告诫自己："今后要走好人生的每一段路，不再惧怕挫折和失败，更不会丧失生活的信心。我要做生活的强者，坚毅的年轻人。"

归国后，我很快振作起来，凭借着自己的努力找到了一份不错的工作，同时也收获了一份美好的爱情。如今我更加珍惜生命了，因为我曾经在"死亡"中体会到了生命的珍贵。

爸爸的微笑

[美]哈里森·戈尔登　著

孙开元　编译

　　我和爸爸都喜欢玩棒球，不喜欢睡懒觉。记得我9岁时，一个仲夏的大清早，我们拿着棒球、手套和棒球帽，开车去了离家不远的一座公园。

　　"清晨玩棒球更有趣，等一会儿你就知道了。"爸爸告诉我，"早上的风带着球在天上飞，那个情景你从没见过。"

　　爸爸说得对。在晨风中，我们的球比平时飞得更快，落地更轻。红彤彤的太阳在闪烁着晶莹露珠的大地上缓缓升了起来，我们的击球声在公园里轻轻回荡。

　　早上的两个来小时，这座公园成了我们的地盘。过了一会儿，一位女士推着婴儿车朝我们走了过来。她走近之后，爸爸礼貌地弯下腰，朝婴儿车里的小宝贝挥了挥手，并且给了小宝贝一个他能挤出来的最好看的微笑。

　　那位女士朝爸爸甜甜一笑，然后就赶紧走远了。

　　爸爸用一只手捂着嘴，走向了他的汽车。"咱们走吧，儿子。"他说，"我有些不舒服。"

　　此前一个月，爸爸患上了面瘫，他的右半边脸瘫痪了。他变得说话口齿含糊，耷拉着眼皮。每次喝水时，他都会把水洒到衬衫上。就连微笑对他都成了天大的难事，以前每当提起歌星米克·贾格尔、影星伍迪·艾伦，或者他钟爱的扬基棒球队，他就会露出微笑。现在，他的微笑消失了。

我扎进车里，心里开始怀疑，爸爸这么早来公园打棒球不是想为了让我欣赏日出，而是怕见到别人的目光。开车回家的路上，我们都沉默不语。

从那以后，爸爸更多时间是闭门不出。买东西、开车、带我去看少年棒球赛，这些事他都交给了妈妈。作为自由编辑的爸爸，他把我们的餐厅改装成了办公室，每天从早到晚看稿件。他也不再喜欢和我打棒球。

去诊所做理疗的时候，医生嘱咐他："现在尽可能使劲笑，现在用手推高你的右脸，现在试试吹口哨。"

爸爸仅仅吹出了一口无声的空气。我最早的记忆就是爸爸跟着弗兰克·辛纳屈的歌声吹口哨，爸爸也教会了我吹口哨。

美国每年大约有4万人患上面瘫，多数在几个星期就痊愈了，另外一些人至多几个月也就痊愈了。但给爸爸治疗9个星期后，医生承认，她对爸爸无能为力。"我从没见到过这样顽固难治的病人。"最后一个疗程结束后，医生这样告诉爸爸。然后。她开出了收费单。

爸爸却乐观地看待这一切，他偶尔会拿出一支可擦画笔，在他的脸上画出一道宽大的笑容。有时候，他还会模仿一下猫王。他打趣说，撅起的嘴唇让他能够完美地演绎猫王的歌曲《疯狗》。

那年九月，我开始上四年级，爸爸那时候可以眨几下右眼，也能清晰说话了，但是他的微笑还是没能回来。于是我暗下决心：我在任何时候都不能笑，这样爸爸就不会孤独。

这样做对于一个四年级孩子来说不是那么容易，同学们都到了会用刻薄言语损人的年纪，他们说我是"撅嘴儿侏儒"（我的身高当时只有3英尺10英寸）。老师们经常把我叫到走廊，问我出了什么事。

我想放弃"不能笑"这个誓言，但是我也不想只让爸爸一个人脸上没有笑容。

有一次，我们全班同学玩威浮球时，我质问体育教练："笑有那么好吗？"他把我叫出来，罚我做俯卧撑。然后，他给我爸打了电话。

我不知道他和爸爸都说了些什么，不过那天下午放学，我走出校车时，看到爸爸正等着我，手里拿着手套和棒球。几个月来，这是我们第一次开车去公园里打球。

"我们好久没打过球了。"他说。

公园里有五六个孩子和他们的爸爸，站成一排，伸出戴着手套的胳膊向我们招手。爸爸无法向他们报以微笑，但是他向他们点头致意，我也跟着爸爸那样做。没过多久，太阳下山了。公园球场上的白色灯光亮了起来，别人都走了。但是爸爸和我在夜色中继续打着棒球，从弧线球到直线球，玩得酣畅淋漓。我们要把失去的这几个月宝贵时间夺回来。

你奔跑不奔跑，上帝都不在乎

凉月满天

　　书上看到一句话，说："上帝只偏爱奔跑者。"因为奔跑者肯上进，因为奔跑才能成功。

　　的确，好像成功的都是在人生长途上奔跑不辍的，起码按照我们的世界通用的标准来说，他们是成功了：住大房子，开漂亮的车，吃昂贵的法式大餐，出入前呼后拥——我就见过一个大老板，他一边走路，手下一边给他在前边铺红色的地毯，地毯一路延伸。

　　可是，他们心里的滋味是怎么样的，跟你说过吗？

　　周星驰从一个"死跑龙套的"，做到了一代笑匠宗师，他主演的电影让人笑中下泪，泪中又破颜而笑；他导演的电影也有同样的效果。可是他面对记者采访的时候，却反复地说："我运气不好。"当你不知道他是谁，只看他的眼睛，你很容易就会觉得，这个人是真的运气不好。他的眼睛不是颓丧，是一种很深的，静水流深那样的安静的绝望。他说假如他可以再重来，就不要再那么忙，要"干我喜欢干的事情"，可是这一生哪来的那种假如呢？于是他忙着忙着，就只剩下一个人了：没有家庭，没有妻子，没有儿女，孑然一身；拍着让人笑的电影，然后静着一双眼睛，说："我运气不好。"

——跑着跑着，他把幸福给跑丢了。

如果有两个小孩，一个快乐地在后院里玩泥巴，一边念着颠三倒四、不知所云的儿歌；一个在前庭里辛苦且痛苦地奔跑，你更想要你的小孩做哪一个？一个辛勤打鱼的渔夫，和一个在树荫里躺着睡大觉的渔夫，你怎么知道上帝更喜欢哪个？假如这个辛勤打鱼的渔夫一边挥汗如雨一边快乐地哼歌，无疑，他是深得偏爱的，因为他从工作中获得快乐。假如他一边挥汗如雨一边咒骂命运，你以为上帝会喜欢一个装满黑色毒药的瓶？

所以，谁快乐、谁平静、谁自由、谁幸福，谁就是那深得偏爱的。相信我，你奔跑不奔跑，上帝根本不在乎。他在乎的是你行走或者奔跑的时候，是不是哼着歌。

外国的街头，一个小女孩向一个街头拉琴卖艺的艺人的帽子里丢了一枚硬币，然后他开始演奏。很快，另一个演奏者出现，坐在旁边一把椅子上，拉起他的大提琴。然后，又有三两个人出现，小提琴也来了，贝斯也来了，更多的乐器都来了。接着，架子鼓也来了。最后，乐队指挥也出现了。低沉的琴音被激昂而配合默契的贝多芬第九交响曲代替，响遍全场，观众从少到多，从迷茫到激昂，从观看到投入，到最后大家放声歌唱。

看啊，这么多的街头天使。我激动得说不出话来。

他们的身体里，全都涌动着上帝的灵魂。他说："来啊，来吧，我们一起唱，我们一起笑。"而我，真就隔着小小的屏幕，一点一点地，绽放出一个大大的笑。而之前我是在写作，在赶稿，在人生的道路上奔跑。我觉得这是一件大事，马虎不得，却忘了问问自己快乐不快乐。

一个奶酪小店被好莱坞电影导演发现，将它作为拍摄地。店主却依旧像从前一样，跟所有走进他店里的大学生打招呼："Hi，马修的奶酪是马修亲手做的哟。"虽然现在买马修奶酪的人排了很长的队，但马修却说："我只是一个热爱做奶酪的人，埋头干活，远离麻烦。"他甚至拒绝了家乐福、欧尚这样的大型连锁超市的配货订单。

"我们在这儿非常快乐，我对现在拥有的一切感到非常满意。够了。"他说，"我并不富有。但钱对我就像甜布丁，多了会毁掉我的牙齿。"

他看明白了，上帝才不会惩罚不肯奔跑但是快乐的人呢。

现下，中国人的普遍的心理状态就是不安。我们不安，所以我们会觉得怎么做都不对，当再大的官也不开心，赚再多的钱也不开心，有多少人陪伴也不开心。因为你的心不在这里。

心不认美酒佳肴，认妈妈做的粗茶淡饭；不认宝马香车，认有情饮水饱；不认高位，认忙时种花，闲时卧草。它认纯净的眼神，和固执而良善的坚守。所以，也许不必斗智斗勇，不必奋勇争先，不必觥筹交错中频把流年换。哪怕我们这代人注定被物质勾引得牺牲心灵，因而每个人的坚守也都显得悖晦难明，可是只要你肯听从心声，哪怕步履漂泊，当下也得快乐与安宁。

——上帝偏爱你这样的人。

给心灵安一扇花窗

　　我的一个朋友是在读大学生，有感于现实的污浊，谋生的艰难，放眼望去，不见青天。于是兴起念头，想要出家。暮鼓晨钟，和风虫鸣，清心寡欲，了此一生。

　　这怎么行？

　　谁说的一入佛门就能清心？虚云老和尚活到120岁，德高望众，却也摆脱不开俗世的牵绊：

　　"前几天总务长为了些小事情闹口角，与僧值不和，再三劝他，他才放下。现在又翻腔，又和生产组长闹起来，我也劝不了。昨天说要医病，向我告假，我说：'你的病不用医，放下就好了。'"

　　"这几天闹水灾，去年闹水灾也在这几天，今年水灾怕比去年更坏。我放不下，跑出山口看看，只见山下一片汪洋大海，田里青苗比去年损失更多，人民粮食不知如何，我们买粮也成问题。所以要和大家商量节约省吃，从此不吃干饭，只吃稀饭。先收些洋芋掺在粥内吃，好在洋芋是自己种的，不花本钱，拿它顶米渡过难关。我们要得过且过。"

　　看，这就是现实。

所以我们要考虑的，恐怕不是怎样脱离现实，因为现实是脱离不开的，而是怎样给现实安一扇花窗。

　　在我的卧室的门和床之间立着四扇浅柚色的原木屏风，下半截是单面雕牡丹，上半截是镂空的花窗。虽是间隔，却能看得见外面的一动一静，又可以隔绝屋外经过的人的视线，就好比是给现实的世界安了一扇花窗，又有点像小时候房前编就的一溜青篱，上面缠着小黄花，未必能防得住贼，却能明明白白昭告天下：篱外是世界，篱内是我家。

　　很小的时候，我们就被教育要融入社会，融入人群，融入现实。事实上却是全情投入是一件很吃力不讨好的东西。现实不总是光明的，甚至很多时候总是不光明的，一味深入，如泥入滓，只能是白沙在涅，与之俱黑。只有把心放在窗内，隔着窗楣向外看，目光带一点微凉，可以审视，可以剥析，才可以做君子。对窗外的世界有所取有所不取，有所弃有所不弃。

　　若说花窗外是我们必须承认其存在并且必须投身其中的现实，花窗内则是我们给自己找的乐趣，比如说有人课余打球，有人工余玩牌，有人写写画画，有人抱着书本蹲到厕所去——所有的人，其实都是在想办法和现实拉开一点距离。

　　你看《红楼梦》里面，吟诗作对不是现实，霜刀冷剑才是现实；歌舞吹唱不是现实，柴米油盐才是现实；迎元妃回家的盛大豪华不是现实，量地、盖房、给树装假叶子，这些才是现实；小姐们锦衣玉食，无所用心，只是看看花、逗逗鸟、下下棋、作作诗，这也不是现实，宝钗、探春、李纨兴利除宿弊，拿破荷叶和枯草根子卖钱才是现实。但是一旦现实被花窗隔开，花窗内的人因为吟诗作对、看花下棋，就可以过成很快乐的日子。

心里有一扇花窗的人，可以使生命滋润、鲜活、美丽。只是花窗不是铁窗，不是要关住一颗愤世嫉俗的心，更不是要把一个鲜活的人挡在尘外。虽说愤世嫉俗的人因为认真到极点，才不会陷入到烟酒、美人、情欲、名利、金钱……这些东西里去，然后把占有、执着、嫉妒、愤怒、焦虑和恐惧当作全部的人生意义，但是过刚易折，过满易泄，一味进攻或退避，对生命都是惊人的浪费。

20世纪40年代，北大教授赵迺博先生作了一首《西江月》："世事短如春梦，人情薄似秋云，不须计较苦劳心，万事元来有命。 幸遇三杯酒美，况逢一枝花新，及时欢笑且相亲，明日阴晴未定。"

赵教授就是用花和酒隔开铁板一块的人情和世事，就像我小时候，喜欢一个人趴伏在喧闹的教室里，在逼仄的课桌上一笔一画，认真写字。有时候单单是一横、一竖、一撇、一捺，就能写满两张十六开的大白纸。实际上，这也是一种隔离，铺纸为道，提笔为马，任思绪飞到海角天涯，溜达一圈回来后，又有勇气面对老师迅猛的催逼和无数作业的喧嚣和烦杂。

所以，不必远离，不必退避，给心灵安一道花窗吧，让它在窗内休养生息，等歇息够了，一个猛子扎下去，从尽头浮出水面，对岸就是自己有花有叶的未来。

与恐惧同行

[美]艾德·赫尔姆斯　著
唐风　编译

收到诺克斯学院的演讲邀请时，我得承认，我不知道自己是否是你们希望能给予忠告的人。在我出演的电影里，我扮演的角色总是喜欢出馊主意，却又不长记性。所以我有些紧张，有些害怕，不知道讲些什么才好。

在我八岁那年，第一次看了喜剧节目《星期六之夜》。这个节目把我看傻了，我根本理解不了里面的笑话，不过还是迷上了里面的热闹场景，而且很想成为节目中的一个角色。随着年龄增长，我当喜剧演员的愿望越发强烈了。终于大学毕业后，我去了纽约，却找了个电影助理剪辑员的工作。

这不是我的理想，但是我想得开。"我需要挣钱，而且这工作能教会我电影制作的过程。对电影设备有所了解之后，我以后就能拍出自己的喜剧电影。"我一边这样给自己打气，一边卖力地工作。可以说，我干得很在行，不久便在纽约一家顶级电影后期制作公司作助理剪辑员，并且在上世纪90年代承担了美国"超级碗"橄榄球大赛的一部分广告制作。我在这一领域即将成为专家，在创造性劳动中也获得了极大的成就感。

后来老板对我说：你干得不错，咱们成立自己的公司吧！那时我刚25岁，初出茅庐，就要成为专业剪辑员，雇佣自己的助手。我的收入将翻若干倍，成为电影制作业巨头的诱惑在向我召唤！

然而我的心里却像是揣了个兔子，上下扑腾。我在静静思考之后发现，这只"兔子"就是深深的恐惧。我怕的是什么呢？我在心里向恐惧发问："你为何来我这里？意欲何为？"恐惧回答："不要怕，你其实挺棒的！"我进一步质问，它终于回答："我之所以来你这里，是因为你害怕在喜剧行业里失败。我提醒你，这也正是当年你来纽约的真实原因。"

这对于我来说无疑是一记当头棒喝，通过深入考问，恐惧为我揭示出了自己的真正理想，成了我人生路上的罗盘。我发自内心地感激恐惧，它回答："不客气，这正是我来的目的。"我于是顿开茅塞：如果你允许恐惧的到来，它就会成为你通往成功生活路途中的一个心灵导师。

我们有必要知道的是，每个人对于成功生活都有自己的定义。也许你想当总统，也许你想将来成为一个优秀的家长，或者更普通的愿望，所有的选择都是一样的高贵。

当我们问自己想要的是什么，这个问题很容易找到答案。但是另一个更具挑战，却能让你豁然开朗的问题，要想找到答案就艰难多了，这个问题很简单：我惧怕的是什么？

明白之后，我一头扎进了纽约喜剧电影这一竞争激烈的"鲨鱼箱"。在你前几次上台时，你会崭露一下头角。你会演得很顺手，那主要是因为你一时的冲劲，而且为演出做了充足的准备。然后你就会第一次出现失败，甚至一败涂地。所有人都会鼓励你："忘掉它吧，你只要坚持下去就会好的。"我觉得很多喜剧演员就是在这一时刻承认自己彻底失败的。

只要你探索新事物的欲望大于满足现状的愿望，你就是走在了人生的正轨上。勇于发现所收获的，比谨小慎微所收获的要丰富得多。

可是你忘不掉，当你在一种你热爱的事业中失败，最让你痛苦的不是失败本身，而是你的内在感受，经久难忘。

和以前一样，恐惧实实在在地帮助了我提高演技。我有自己在台上表演单口喜剧的录音，在播放收听这些录音时把自己吓了一跳，我听出了自己的声音在微微颤抖，听到了观众们随着剧情而发出的噪音，听出了许多细节。于是我据此做了调整，演出效果更好了，好了很多。如果我没有演砸的时候，没有倾听恐惧点醒我应该关注何处，我绝不会有这样大的进步。

当然，恐惧是不会说话的，是我把它形像化了，给了它一个发言的机会。也就是说，如果你能和你的恐惧保持一个良好关系，它就会告诉你很多宝贵的东西，而不是仅仅是害怕。

如果我们的祖先没有恐惧感，我们整个人类也许早就被各种大型野兽给消灭了。但是换个角度讲，如果我们从没认真审视过自己的恐惧，也就不会发明那么多有趣的东西，比如美味汉堡包。我们可以这样说：成功蕴藏在恐惧和发现之间的紧张感中。

所以不要害怕恐惧，因为它会磨炼你、激励你，让你变得更强大。当你逃避恐惧时，你也逃避了一个成为最优秀自己的良机。

今天我再次直面了我的恐惧，我通过它考问自己，明白了在你们开启人生崭新旅程的今天，一个穿着不合身的毕业礼服的所谓名人，可以给你们提出一些什么样的有用忠告。

确实，和生活中其他事物一样，你只有经历了恐惧，才能真正理解它。所以，投入地生活吧，拿出一些冒险精神，要相信自己克服困难的能力。

还要相信你的直觉，相信你的热情，相信你的感受，相信你的爱。要相信在你那无坚不摧的热情和才华面前，就连恐惧本身都会退却、消失。

一个男细菌

许冬林

正处草莽青春期的中学年代，十几岁，最喜欢妖精作怪，坚决不和男生同桌。

好像同坐一条长凳共伏一张桌子，男人的气息会像感冒的细菌和病毒一样，在空气里就近传播，把我们女生传染得生出小孩。

这样，搜索记忆，与男生同桌的时代，大约就是懵懂毫不开化的小学低年级。

我的第一个男同桌，是个矮子，说话又结巴。老师把我分配给他的时候，我拖着沉重的书包，坐在桌子的另一头，心上一片凋零。好像一朝同桌，我便是终身为妻。

那时胆小，只在心里一味委屈，不敢和老师对抗这样强大的命运。

设若貌相不佳，有些歪才也可。可是，他也没有。

一下课，我就匆忙逃离座位，找女同学跳绳子。

我多么希望，我的男同桌，他是一个高高瘦瘦的男孩，有好聪明的脑袋瓜子。他数学题全都会做，考试总是第一，发卷子时候全班同学目光集中扫射我们的桌子。

他还要很幽默，说话动辄把女生逗笑。

他还力气大，有担当，桌子板凳坏了，他来修。开全校大会，他早早一人把板凳扛到大操场上……

他最好还有许多连环画，可以天天借给我看。

我想要这样的一个同桌。多年后，慌慌结婚，后悔不迭，成为怨妇，猛想起当年制定的同桌标准，觉得这尺寸也多么适合找老公。

夏天午睡，要在学校集体午睡。我睡不着，一翻身扭头，看见他睡得呀，九曲黄河一般。口水从嘴角流到手背，从手背流到桌子，一路蜿蜒地淌……整个地球都被他淹了。

好盼望放寒假，寒假来了，我和他的同桌生涯就咔地结束。下学期，谢天谢地，我终于不是他的同桌了。

下课碰见他，彼此也不作声。从他躲躲让让的眼神里，我猜测，他大约是自卑。长得不高，成绩也不好，还老容易淌口水。而我和他同桌时，成绩比他要好得多，但不曾慷慨让他抄过一次。

后来，我们升入高年级，连我弟也上一年级了。

那年夏天，发洪水，我们放学都要经过学校后面一处淌水的地方。那里平时是一条小路，汛期时从路中间挖出一个缺口来淌水。过这个缺口时，我们都像助跑跳远一般，纵身跃过去，可是书包在后面打屁股，很影响发挥。

那天放学，我看见我的早已不同桌的那个旧年同桌，他就站在缺口那边，叫我弟把书包先解下来扔给他。我弟就扔炸药包一般，哐地砸过去，他身子一仰，抱怀一接。

接住后，他把书包转给别人，蹲马步一般，双腿横跨缺口两侧，将我弟抱着用力甩过对岸去。然后后腿一蹬，自己也过去了。

他还没走，站在对岸看我。他看出我的犹疑胆怯，又说：许冬林，把书包先扔过来！

彼时，他个子已经长高。我之后想想，洪水滔滔，他能于危难之时，伸手搭救我弟，还接我们的书包，完全是看在我们同桌一场。

这样想，就觉得抱歉起来，我从前不该那样无视他。

多年后，男女同学纷纷择枝而栖，娶妻嫁人。但我的这位平凡同桌，一直不知他的近况。他高中毕业，想要哥哥支援他一笔钱，去做生意，但是他哥哥没有借他。他一气之下，离家出走，再没有回来。

我不知道，他有没有恋爱。有没有，把爱像细菌和病毒一样，芬芳地传染给一个姑娘。

不养富贵花

许冬林

花与人，也要投缘。

投缘了，就好养。气质上味不相投，就疙疙瘩瘩的，到最后，是相互辜负，伤心收场。

我养了好几年牡丹，准确说，是养了好几茬牡丹，结局悲惨。一次是五六月天气，直接从花店抱回一大盆的牡丹，已经开花，枝叶间还缀着许多跃跃欲试的蓓蕾。搬回来后，喜看它花开阔气，朵朵富贵，好像我们家天天都要做喜事。花是粉色，渐开渐白，白得依旧像平常打扮的薛宝钗，贵气还在。

花季之后，我把它当功臣，不敢怠慢。依旧常常浇水，放在阳台边晒着太阳，可是没多久，叶子黑掉了，然后就一寸寸连枝枯萎。伤心不已，请教养过牡丹的人，答说可能是水浇多了。发誓再养一盆牡丹，不信此屋不长富贵花。翌年早春，去花市，看见有人卖牡丹，枝顶上已经撅起红芽嘴，以为回去几回春阳一烘，那些叶子就会精神抖擞地伸出来。红芽嘴的是红牡丹，绿芽嘴的是白牡丹，卖花人说。那就要红的吧，我挑了一棵，心里其实还是渴望喜庆的。

回来后，培土，用肥，浇水，好像伺候怀了孕的贵妃。可是，一个多月过去，那些红芽嘴始终没有开口说话。还以为天冷，结果等到初夏，那些红芽嘴还是缄口不言，后来干脆蔫掉，只剩几截光杆，断了我用情的后路。再问过来人，答说：那牡丹估计是药用的，根被人剪下取丹皮了。根少，花自然难发。我想是这样的，自此觉得牡丹难养，很是灰心。

　　后来，油菜花开的季节，我去乡间一个养蜂人家里买蜂蜜，看见他家院子前有一片牡丹，正开着白花。繁花灼灼在阳光下，蜜蜂在花间殷勤来去，嗡嗡声一片。一时间，看呆了，凡心又起，又想养牡丹了。养蜂的婆婆看我神情，猜出我喜欢牡丹，说等会儿挖两棵给我，结果挖了三棵。这一回我终于觉得牡丹有靠了，三棵啊，即使一棵死掉，还有两棵呢。两棵死掉，还有一棵呢。怕阳光不足，这一回放在楼下养，结果养着养着，都死掉了。死得我连那花盆都不想收回来。不想第二年，其中的一个花盆里竟又冒出几片牡丹的叶子，原来叶死根还在，到来年又发了。这转世投胎的一棵，活了半个春天，到底还是走了。

　　后来，我不养牡丹了。我只看牡丹。看人家画里的牡丹。

　　听一位画家朋友说，任伯年画牡丹，他不画富贵牡丹。我心下好奇，就寻着去看，果然，别人的牡丹是热烘烘的热闹，是状元打马游街披红挂绿，而任伯年的牡丹有一种明净淡雅的清气，他的牡丹是书香门户的女儿在垄上踏青。他的《富贵白头图》里，一丛牡丹粉紫相伴地开，花朵闲适自在，其间两丛瘦枝从花丛里突兀出来，片叶不着，其中一支杆上立着两只淡墨染就的鸟儿，窃窃私语一般。这样的画里，有富贵圆满，也有隐约的清寒气。他自觉自己是贫贱之人，所以不勉为其难地纸上富贵。纵然是画牡丹，也要在牡丹丛里立几根寒枝。

他活得这样清醒，这样自知。

我想了想自己，其实也不是养牡丹的人。我的身上，也有清气。我的心里，其实也立着几根寒枝。

不强求了。过属于自己的日子。不养富贵花。不悬空，脚踏实地。

养养茉莉和栀子。一养就养好多年，年年旧枝上发新叶，年年枝叶间开相似的花。闲闲淡淡，低调地芬芳。

一只脚也能撑起天堂

邓博文

在西班牙西南部的一个名叫塞维利亚的城市里，最近出现了一件怪事，狂欢节后，一尊竖立在城市中央广场的独脚雕塑屡次遭到"破坏"，在它缺腿的地方多了一只假脚，很明显，"破坏者"试图让这尊雕像变得完整，但这显然破坏了整尊雕塑的美和意境。

人们拆了几次，但一段时间后，雕塑又重新被装上了假脚。

雕像纪念的是一个叫皮尔的残疾人，当年第一次世界大战爆发，这座城市遭到了敌人的血洗，大批的老弱病残被逼到这个广场上。就在敌人准备大肆屠杀时，一个叫皮尔的残疾人，硬是借着夜色掩护，凭借精湛的枪法，射杀了大批守卫，杀出了一条逃生的道路。而在保护人们撤退的过程中，他壮烈牺牲。事后，人们为了感谢他，便立碑纪念。

警方介入调查，很快就锁定了一个叫埃塔尔的小男孩，自五年前车祸断了一条腿后，埃塔尔的性格变得古怪起来，沉默寡言，还经常做些让人无法理解的事。

前些日子，有人看见埃塔尔经常在雕塑前徘徊。负责这起案件的托雷斯警官决定亲自去会会这个另类的孩子。

一天下午，托雷斯来到了小区门口。他站在门口静静地守候着。半晌后，一个拄着拐杖的小男孩走了过来。"埃塔尔，我在这里等你好久了。"托雷斯不急不慢地说。

小男孩怔了怔："你认识我？可你是做什么的，找我有什么事？"托雷斯拍拍小男孩的肩膀说："我啊，我是你的朋友，找你，是来帮你的。"小男孩吃了一惊，下意识地退了几步："你，你都知道什么了？"

托雷斯点点头说："我都知道了，孩子。走吧，难道你不打算请你的朋友进去坐坐？"小埃塔尔犹豫了一下，然后带着他走到一间简陋的小屋前，开门，说道："请见谅，自从爷爷去世后，家里就没有什么好吃的可以招待客人了。"

托雷斯找了个勉强还算干净的椅子坐下："我知道你的情况，自从那场意外后，你没有了亲人，日子过得很艰难，而且更重要的是，很多人都讥讽你是瘸子。"

小埃塔尔的拳头握得紧紧的，对托雷斯说："你知道他们是怎么嘲笑我的吗？他们叫我外星人，不让我跟着他们一起玩，拿石头和棍子打我，还诅咒我去死。"

"所以，你就把雕像补了一只脚，你不希望这座雕像继续成为人们的笑柄。可是我想问问，每天广场上那么多人，你是怎么把石膏做的假脚弄上去的？"

小埃塔尔得意地说："为这些假脚，我整整准备了一年。趁着深夜，大家不注意，我悄悄溜到了雕像旁边，然后就接上了啊。"托雷斯大笑起来："真是个聪明的家伙。可是你不知道吧，这座雕像之所以被人尊敬，不是因为它的完整，恰好是因为的它的残缺。"

小埃塔尔愣住了。

托雷斯摸着他的头说："孩子，这尊雕像纪念的是一个伟大的残疾人皮尔，他虽然只有一条腿，却用这条腿救活了数以千计的人。所以，不要因为你某部分的残缺而怨天尤人。要知道，上帝对每个人是都公平的，收走一直脚，就会让你的另一只脚变得更敏捷。"

小埃塔尔惭愧地低下了头，托雷斯卷起衣袖说："再让你知道一个秘密，其实我在一场追捕中也断了一只手，但我并没有气馁过，因为我深信，一只手，我也能抓捕罪犯。"

从此以后，雕像再也没有出现过被"破坏"的现象，小埃塔尔也潜心投入到他所喜欢的舞蹈中。多年以后，在西班牙首都举行的舞蹈比赛中，一个独脚的少年脱颖而出，一路过关斩将，最终赢得冠军。领奖台上，小埃塔尔身朝家乡的方向，目光坚定而炽烈，因为他相信，一只脚，也能撑起天堂。

第四辑

积攒生活的小确幸

村上春树创造了一个词——"小确幸"，意思是指那些微小而确实的幸福。好像雨落池塘激起的水泡，是稍纵即逝的美好。看看他藏起哪些小确幸吧：买回刚刚出炉的香喷喷的面包，他站在厨房里，一边用刀切片，一边抓食面包的一角，那一刻可以察觉到幸福；独处时，一边听勃拉姆斯的室内乐，一边凝视秋日午后的阳光在白色的纸糊拉窗上描绘树叶的影子……

这些东西，是有一颗闲心，才能看见的一缕闲情。就像清水里养的一朵两朵闲花，静静地开放。不艳，是列维坦笔下一笔一笔干净幽凉的苍黄素白。就像苏轼的"小确幸"诗里所写："细雨斜风作晓寒，淡烟疏柳媚晴滩……蓼茸蒿笋试春盘，人间有味是清欢。"

一片法桐叶

马 浩

不知风在门外等了多久，打开门的一刹那，倏地钻了进来，猝不及防。随风而来的，还有一片法桐叶，轻轻地旋落在我的脚边。不知是否是风的礼物，我倒觉得是风把礼物放下，便没了踪影。我弯腰捡起法桐叶，欣喜莫名。

法桐叶，司空见惯，却好像从未好好地打量过它。印象中，春日是嫩绿的，如孩童小手般的模样，在微风的枝头招摇嬉戏。夏日变得浓碧，毛茸茸的大手捧接着七月的烈阳。秋风吹来时，绿意便被渐渐地吹淡了，叶片纤弱微黄……似乎成了一种定式，从来没有想过，有一天，会与一片法桐叶不期而遇。

我捏着叶柄，用手搓捻着，静静端详着，干枯的、赭黄的，锯齿状的叶子，叶脉清晰。虽然我确定它就是一片法桐叶，不知因何，眼瞅着瞅着，居然让我对自己的确定产生了怀疑，有种似是而非的感觉了。

干瘪枯黄的法桐叶，怎么可以如此之美？是什么让它变得如此美？它从何而来？总觉得它不会是来自喧闹而冷漠的城里。法桐树站在城市的街头，实在是有些不得已的，大约是天意弄人，它们被强行拉到城市。俗话说，入乡随俗，无论如何，法桐树总会被城市的气息感染。人们也许看不出来，误以为法桐树立在城市，淡定沉稳，不为城市的声色犬马、灯红酒绿所诱惑。不过，那是人们的看法，远在山野的同类，能感知到它们老乡潜在的变化。或许这片枯叶，就是从遥远的山野，跟风而来的。山一程，水一程，到了城里却迷了路，风似乎也失去了方向感，机缘巧合，便把它带到我的门前。

那片叶子到底来自何方？无妨暂不去讨论，这是个无解的题。倒是它的美，勾起我的好奇心。一般说来，美都是有特质的，在我眼里，它除了干枯、赭黄、委顿，似乎没有别的什么东西，可就是这些灰暗的东西，让我感觉出一种无言的大美，心绪难平。

莫名地想到贾平凹笔下的《丑石》，"它黑黝黝地卧在那里，牛似的模样；谁也不知道是什么时候留在这里的，谁也不去理会它。只是麦收时节，门前摊了麦子，奶奶总是要说：这块丑石，多碍地面哟，多时把它搬走吧。"那块无用的丑石之美，源自它的"丑"，它的非凡的来历。这片干枯的法桐叶呢？它的美也该源于它自身的密码。我总觉得它身上独有气息与我是有相通处，否则，我何以对它爱不释手。

久久地凝视着那片枯叶，叶片渐渐模糊一团面影，竟然发现是我自己。是啊，我也是随风从乡下飘落到城市的，为了寻找一个名字叫希望的家伙，像一片树叶，四处飘荡，春夏秋冬，风霜雪雨，绿了又黄，黄了又绿。有一天，我似乎突然开悟了，希望那厮原来始终在心中，与在城市漂泊无关。在城市寻找的，更多的是沉重生活的担子。其实，希望游离在生活担负之上，与生活若即若离。生活是一种经历，经历却又不完全等同于生活，它是加了利息的生活，就像这片法桐叶，它的经历不仅是走过四季，更是经过风霜雪雨的历练……

如此想着，我莫名地觉得，适逢这片法桐叶绝非偶然，冥冥之中似有着天意，我小心翼翼地把它夹在书中，像是把我的往事也夹进了书页。

充满喜悦的时刻

[美] 阿迪丝·惠特曼　著
孙开元　编译

　　那是六月末的一天，天上乌云密布，低低地悬在头顶。我和丈夫正开车去往加拿大新斯科舍省，进行一次向往已久的旅行。我们心情压抑，盼望着能在下雨之前赶到目的地休息，然后吃饭。然而突然之间，大雨落在了这条延伸至远方的空旷公路上。暴雨如注，车子无法前行，我们在路旁把车停了下来。

　　过了一会儿，仿佛有人按下了天上的一个按钮，雨停了。一道窄窄的阳光，如同金子现出光芒，从云彩中洒落下来。阳光照耀在瑟瑟发抖的水珠上，地上的每一片草叶都变得晶莹剔透。公路上金光一片，一道彩虹横贯天际。天空中的七彩长虹仿佛只为我们打造，我们又惊又喜，对景忘言。

　　一位朋友描述过她的相似经历。一次，生活失意的她黄昏时分独自去了海边，她想独处一会儿。在海边，她看到黑沉沉的大海中停着一艘抛锚的渔船，可以看到船上有一个男人的身影。朋友告诉我，在那一瞬间，她感觉到了一种强烈的与那个沉默的身影心有灵犀之感，大海、天空、夜色和两个孤独的人仿佛融为了一体。"我的心里充满了喜悦。"她说。

我们很多人都经历过这种如同醍醐灌顶的时刻，我们似乎这才理解了自己和这个世界，并且在当下看一切都是那样美好。但是这种时刻很快就会消失，我们想描述，却又心中有景道不得。

　　不过，布兰迪斯大学心理学家马斯洛在针对众多志愿者进行的研究中发现，很多人都经历过"极度震撼心灵的时刻、强烈的快乐甚至兴高采烈的时刻、喜不自禁或者欣喜若狂的时刻"。

　　他举例说，一位年轻妈妈为家人做早饭，她脚步轻快地走进厨房，倒好了果汁和咖啡，将果酱抹在了面包上。孩子们唧唧喳喳，阳光照在他们的小脸上，她的丈夫和最小的孩子玩耍着。一切如常，但是她偶一抬眼，忽然发现丈夫和孩子们都那样可爱，她喜悦得说不出话来。

　　还有一个故事，一个男人回忆起他独自一人游泳时的情景，是"鱼儿一般在水里游，像个开心的孩子那样疯"。

　　几乎任何美好事物都能给人带来那样的感受：阳光照耀在初雪之上，突然出现在眼前的一片水仙花，婚礼上两个人的手牵在一起……喜悦也可以等待，当你勇敢地面对艰险，活出了精彩，喜悦随之姗姗而来。无论喜悦的源泉来自哪里，那些经历都会是你一生中最难忘的时刻。

　　词典上说喜悦是"心灵的欢愉，幸福的状态"。敬畏和神秘感是喜悦的一部分，除此之外还有一个人的谦逊和感恩。忽然之间，我们真切地意识到了每一件存在的事物：一片叶、一朵花、一朵云、漂在水池中的蜉蝣、树顶上的乌鸦。女诗人埃德娜·米莱在那样的时刻大喊："哦，世界，我无法将你拥得更紧！"

马斯洛说，在这样的巅峰体验中，最重要的是洗尽凡尘之时，他们真正地看到了"事物的本质、生活的秘密"。

我们也看到了事物的整体性，我们与他人、与周围的世界互相密不可分，每一个有过此种经历的人都说当时的感受是"融化在美景之中"。

遗憾的是，我们多数人只能在绝无仅有的时候体会到这种"喜乐充满"的时刻。随着我们的成长，生活被掩盖在了压力和琐事之下，在名利的旋涡中挣扎，快乐离我们越来越远。

反过来讲，如果接受了生活的无常与生命的脆弱，我们种下的果实会更为甜美。多年前有一次在火车上，我发现旁边坐着一位老先生。他安静地看着窗外，目光搜索着外面每一片树叶和云彩，还有房子和观望火车的孩子们。

"景色很美，不是吗？"我试探着问。

"是的。"他一边回答，一边朝车窗外的一辆马车招了招手。"颗粒归仓了。"

他看到了我脸上的疑惑。"奇怪吧，我这么在意一辆马车。但是上个星期医生告诉我，我还有三个月生命。从那天起，我看到的每一件事情都那么美好，那么重要。我好像是一直沉睡，现在才醒来。"

如果我们承认名利不是一切，承认大我胜于小我，我们会更快一些体会到喜悦的到来。喜悦不一定是以宗教中的形式出现，但是人们体会到它时，也会达到物我两忘之境。

　　这种喜悦的时刻，是不是上天在启示我们，这才是我们应有的生活。世界越是残酷，我们就越需要记住存在于生活中心的启迪心灵的美。喜悦的时刻是在向我们证明，即使是一片黑暗，也会有一盏永不熄灭的明灯为我们照亮前程。

有情尘世，万千缠绵

西 风

嘉丽最常说的一句口头禅就是"没意思"。

同事约她去踏青，她说："不过就是人看人，有什么意思。"

朋友约她去看电影，她说："不过就是一群傻子看一群疯子瞎胡闹，没意思。"

女儿想让她带着自己去公园，她说："公园有什么好玩的，就是一堆石头堆的假山，再引一汪子死水冒充湖泊。"

家在农村的老公想带她回老家走亲戚，她说："你那家子亲戚又丑又穷，有什么意思。"

于是，面容姣好的她成了一个什么都看透的负能量体，谁也不敢再叫她吃喝玩，怕她那一句句一声声的"没意思"。

其实，踏青难道不是让你在春光骀荡的田野看柳芽如金龟子，抱枝振翅欲凌云，看荠荠菜拱出地面，舒展嫩芽，看苹果花开、梨花开、玉兰花开、迎春花开？

虽然俗语说"演戏的是疯子，看戏的是傻子"，可是世间多少大戏，人人参与其中，个个都如疯如狂而不自知，你嘉丽不就在饰演里面一个对什么都兴趣缺缺的"没意思"小姐？而且你还演得如此入戏。再者说，人不光是活在柴米油盐里，还需要出离尘世的幻想和刺激。电影恰恰是满足了这方面的要求：悬疑片令人欲罢不能，心儿咚咚跳；枪战片使人血脉贲张，恨不能自己化身惩奸除恶的大英雄；言情片使人柔肠百转，好像重拾青春……说人家傻，其实是你傻；说人家疯，其实你比人家疯。

公园纵然人工成分多些，可是回环曲折，游人如织，光看人也觉得有趣，多看一眼两眼景色，都是赚的。

农村人怎么了？丑也没有抹你家增白霜，穷也没有吃你家的白面大米，用得着你来鄙视？单论人心，农村人和城市人又有多少区别？

说到底，这个"没意思"，其实是自己活得没意思。

你仔细看看幼童的眼睛，哪双眼睛不是又黑又亮，发着光？看哪里都带着一股子惊奇：这棵树叫什么名字？那朵花是什么颜色？猫猫为什么长一身长毛？为什么狗狗的腿那么短？我的个子什么时候才能长高……成千上万的问号。

随着小娃娃一天天长大，晓得了日日经过的树叫杨树，叶阔大，初春吐穗，背面生毛，亦有背面不生毛的，光滑如翠玉，风吹叶动哗啦啦摇，于是便视而不见了；又晓得了那朵花叫迎春，那朵花叫玉兰，那朵花叫蔷薇，那朵花叫牡丹，也便视而不见了；也晓得了猫猫的毛有长有短，有的带有虎斑，也便视而不见了；晓得了狗腿有长有短，个子也有矮有高，一笑起来眼睛弯弯的是萨摩耶，一脸憨蠢表情的是哈士奇，也便视而不见了。

为什么视而不见，是因为晓得了。

人们对于已知的东西，是很少再保有兴趣和热情的。所以古代的人不晓得火是怎么回事，于是火便成为神圣；不晓得冰从何来，于是冰便成为神圣。如今人们却觉得火也寻常，冰也寻常，风云雷电一概寻常。

其实是一种很可怕的状态，好像一颗饱鼓鼓的、像鲜艳的桃子一样的心，一条条、一丝丝地逐渐长出了名字叫作"没意思"的皱纹。心老了，人也就老得格外快，纵使面目光洁，眼睛里少了许多探寻未知的热情与神采，像一枚蜡果，形象逼真，没有滋味。

老同学小聚，夜来宿在当年同寝的老六家，大家挤在一张宽床上。当年的老六长一张俏俏的鸭子嘴儿，走路的时候马尾辫一甩一甩，就是一派童真。如今年逾四十，还在给大家一个接一个地讲童话。我听她讲："一只蝴蝶呀，到处寻找幸福。她找到一朵木槿花，但是觉得木槿花虽然花开得艳，但是不够香，于是她飞走了；她找到一朵丁香花，又觉得丁香花虽然花开得香，但是颜色不够鲜，于是她飞走了。她飞呀，飞呀，始终找不到一朵可以让自己停留下来的花。她飞累了，停在一朵花上休息，正想对这朵花发表自己的感想，却被一张捕蝶网当头罩下。她被一枚大头钉钉在纸板上，做成标本的时候，心想：嗨，这个结果也不坏，起码算稳定了。"

大家都睡了，呼吸绵长，我没睡，揣摩着小故事里的深意，觉得老六这个家伙，实在是有意思得没治，实在是智慧得没治了！幸亏几十年的柴米油盐没有磨灭她的童心童趣，否则她堕落成"没意思小姐"，还让人怎么能这样爱她？

若说"没意思"代表对人世生活的否定，就像一个妻子厌倦了自己的爱人，却又不能离婚，只能凑凑合合过得越来越没意思，那么"有意思"则是代表的是一颗对有情尘世万千缠绵的心，时时刻刻醉着，醒着，活着，爱着，两情缱绻，妖媚生香。

枝头开花，煮雪烹茶

瘦尽灯花

这样的天气，这样的太阳，想不醒都难。还有这样的鸟声，像铃铛，映着日阳金沙一样细细碎碎地晃。远处又有布谷啼声。"咕咕——咕"，"咕咕——咕"，带着水音儿。是错把长天作碧水，女布谷想要当水理红妆？

隔窗子见着花喜鹊，胸脯子底下黑白的花，尾巴好长。"麻姨雀（qiao），尾巴长，娶了媳妇忘了娘。"幼时每闻喜鹊叫，奶奶就会教我念歌谣。一直以为"麻姨雀"是麻雀，可是麻雀个矮肥短，哪来的长尾巴？后来方知是喜鹊。幼时又常见年画上有喜鹊登梅枝，取的是"喜鹊登梅好事近"的意头，所以对喜鹊这种东西就有一种亦好亦坏的冲突观感。它可真胖。

满院子雀鸟。场院里晒麦，把它们招引了来。一个个的来了就把这里当成自己家，见人去亦不飞跑，只在人脚步将近的时候，象征性地往旁边挪几步，就算完成任务，继续在粮堆上昂首阔步。满院子的大将军。

院内又种几株花，这样初春时节，艳红的花蕾花苞纷纷碎碎，满缀枝头，于是狠狠照了几张相。往常照花都爱仰拍，让花枝横在蓝天之上，如今却是让它们正对着镜头，满眼艳红直欲破镜出。就是要它们这么的满，就是要它们这么的艳，让看它的人心里暖。

拜谒完花鸟，慢悠悠做早餐。白米饭，炒青菜。每一粒米都吃得踏实，每一茎菜都吃得从容，真好，无事发生。大约七八岁时，父亲出夜工，母亲在家里等不到他，带着我出村去迎。错错落落的房屋顶着一团团阴黑的树影，明明没有针掉，耳朵里老是听得见针落的声音，叮——叮——那么静。村外树影更高，伸到了半天空，像团云，像人赶着马，像妖精。手心里冒汗，心尖上打颤，这时候，远远地听见有小推车辘辘的声音，我爹回来了！那一刻轰然而生的庆幸：真好，无事发生。

相比那时候的无事发生，此时此刻才是真正的无事发生。无事到能够看两页闲书，写三行闲字，聊四句闲天，发半刻小呆，做一个自在闲人。

真的能够闲吗？明明起五更睡半夜，殚精竭虑写文字；明明哪怕睡着，也要放着有声书籍来听，结果把情节做进梦里，要多吓人有多吓人；明明有会要开，有事要做，有人要见，有快递要寄，还要打电话问候亲人。

可是心里却觉得，哪怕忙要到死，若是春花开了，还能睃一眼两眼春花；秋月起了，还能望一眼两眼秋月；开着会，还有闲情欣赏杯子上的花纹映在光滑如镜的桌面上的倒影，这从忙影里偷来的一点两点小闲，如同黑丝绒一样的天幕上闪着的一点两点小星，使夜不像是夜，倒像是正在偷偷地安静开花的心。

"千峰顶上一茅屋，老僧半间云半间。昨夜云随风雨去，到头不似老僧闲。"这个"闲"还是人闲之境，无非是躺卧一榻，数屋椽。若是心头如奔马，念头不停流，仍旧是个大忙人。就像旧时闺阁女子做女红，一边娴静雅致地绣着花鸟，一边却苦苦思念着远方的良人，也仍旧是个大忙人。

唯有心定心安，方可称"闲"。

有客将至，打扫房屋。清扫罢地面擦抹台面，擦抹罢台面擦洗地板，一边擦洗着地板一边还让洗衣机轰隆轰隆地转，它也不闲我也不闲。可是心里又波静流缓，水面漂着一片片花片："花自飘零水自流"，"蝉鸣三关外，柳静奈何天"，"草枯鹰眼疾，雪尽马蹄轻"。猫在我身后紧随着忙碌奔走，我和她一递一答说话："想妈妈啦？"它说："喵。"我说："你这样来回跑，不累吗？"它说："喵。"我说："你去等我，妈妈一会儿就来陪你。"它说："喵。"还是跟着跑。它每次说喵的时候，都看着我，把大眼睛一弯。

真好。

万千忙碌，不为名不为利，我仍旧是个自在闲人。万千忙碌，为名为利，仍有心偷闲一隅一时，我也仍旧是个自在闲人。

枝头开花，煮雪烹茶，一时闲处，便见人心。

水瓶里的牡丹花

凉月满天

晴日风暖，赏牡丹。大佛寺的牡丹开得好。

不是长假，没有游人，楼阁勾心斗角，佛像妙相庄严。牡丹长在后园。世上人家建筑不可只有前堂，没有后院。前堂端俨尚敬，后院风光无限，所以杜丽娘才会游园惊梦，唱"良辰美景奈何天，赏心乐事谁家院"。

这里的后园果然也是天上人间。

牡丹开得好，开得高。走进牡丹林像走在森林里的感觉，钻出来，一身黑衣沾满金黄的花粉，像蜜蜂。牡丹多叶少花，紫红的花瓣，繁复到让人敬重，好像古代女人裙袄鞋面袖帕上精致无两的绣花，透着人世安闲繁华。

再往前才真正看到牡丹丛，矮蓬蓬的叶，海碗大的花，浅紫淡粉、莹白绛红。花很香，不是兰花的香，也不是梅花荷花的香，是那种甜到呛喉咙的香，"一枝红艳露凝香"的香，"回眸一笑百媚生，六宫粉黛无颜色"的香。

一步步走，一朵朵看，真漂亮，真漂亮。

同行的朋友已经走远，我还在步步流连，因为生怕自此一别，再来已是明年。而到了明年，再开出来的花，也已经不是这一朵、这一瓣。再见不是再见，此别即是永别。

谁想第二天我又来了呢？带着母亲和小女，来看大佛寺里演"千手观音"。漂漂亮亮的女孩子们穿着明黄尊贵、宽腿瘦腰的衣裳，摆出观音的姿势，就那样行云流水一样的身姿一会儿一换，一会儿一换。

一时想远。孙悟空造反，对佛祖说皇帝轮流做，明年到我家，让玉帝老儿搬出去，我要住他的天宫。佛祖说你这猴儿说话不知轻重，玉皇大帝自幼修持，苦历过一千七百五十劫。每劫十二万九千六百年，方能享受此无极大道。当时读书，读到这个"劫"字，不痛不痒。如今人世历遍，人情冷暖，再回头想这个"劫"字，方晓得他不知道经历了什么样的伤痛。或许残缺，或许失怙，或许受辱，或许被骗，或许遭打，或许入监，或许砍头，或许戍边，或许受屈含冤，一时急痛怒恨，恨不能把天咬个窟窿，就这样一世世脚踩火炭，头戴荆棘冠冕，熬啊熬，不知道什么时候才是出头那一天。这一刻真恨不得替他大哭一场。观音救苦救难，那必也是历经了数不清的人间苦难，方才和世人有了通感。别看菩萨此时美妙清欢，身上串串璎珞不是泪，是血。

有首老歌唱"啊，牡丹，百花丛中最鲜艳；啊，牡丹，众香国里最壮观。有人说你娇媚，娇媚的生命哪有这样丰满；有人说你富贵，哪知道你曾历尽贫寒"。真是，哪朵花开都不是凭空绽放，都是寒冷、寂寞、艰难苦恨打底绣出来的光华明艳。

而此时，它们还等在后园。

母亲老了，却也在花丛流连。女儿还小，也在花丛流连。我又来了，可是我所见的，已经不是昨日牡丹。花还是那朵花，是那朵花的昨日已经不在。一眼万年。

母亲掐了一枝花苞带回来，拿一个矿泉水瓶，满盛了清水，长长的花梗插进去，它就这样吸饱了水，一点、一点，绽开。朵大如碗，又香又甜。阳光不烈的时候，我把它放在窗台，阳光强烈时又移到床头，早起向它问安，次次夸它漂亮。猫小鼻头凑上去嗅啊嗅，也爱闻它的香。

这是一个旅游的季节，朋友又相约去赵县柏林禅寺。去得早，游人少，进门处那棵像丫鬟的抓髻似的大树丫还在，还是挑着一串串的爬山虎叶，像一串串的绿珠钗。数年前与另一个朋友来——如今那个朋友已经往生。那次也是春深，柏树茂盛，竹林也茂盛。却独有一丛枯竹，在一个很冷的角落，风一吹，悉里嗦啰地响。此次来访，它已不在。

寺院不大，片刻看完。要走了，却流连，檐前铁马轻轻的声音响起来。心里说再见，再见。

回到家，床头牡丹已凋谢，它自己落了花瓣，层层的艳红铺在水瓶四面。不忍扔，不忍埋。

世情纷繁，人生突变，再不愿意离开的地方也离开了，再不愿意让它开败的花也已凋残。花朵如佛法，没有什么是常住不坏。人的生命，也不过是从枝头上被命运掐下来的一朵牡丹，插在尘世的水瓶里，该怎么开，就怎么开，该怎么谢，就怎么谢。

半生槎枒

郁离丝

深夜读书。

刚完成一部书稿，奖励自己大块流光。

读书是雅兴、趣致，写书却如牛如驴，嚼的是草，挤的是血。

曹雪芹十年也不过写就一部《红楼梦》，增删十载，披阅五次；路遥可是活活把自己写死。现如今的写手们倒在自己阵地上的，也不在少数。

所以每完工一个活计，我必得要报复性和犒赏性地饱饱读上几天书。剥削别人的粮食，当脑满肠肥的老爷。

还是喜欢董桥，这个人的笔触极为温软风致，读来就好像抚摸十八娇娘身上穿的春绸袄子，又像一汪鸡蛋清一样的嫩豆腐，用手轻轻按那么一按，一个坑儿下去，转眼又弹起来。

他写收藏：

"……紫檀黄花梨都是贵妇，一见惊艳，再见嫌她过分高华，不耐深交。楠木是清甜的村姑，像周养庵在真如寺废墟破屋前遇见的女子，'女子方栉，闻声握发出，面黄而好'。香楠水楠都暗黄而带微紫，带清香，纹理柔密是沐毕栉后的秀发；紫楠也叫金丝楠，昏灯下细腻的金丝更是美人茸茸的鬈角……20世纪60年代香港破旧里处处是苍茫的情韵，老店铺老得丰盛，老街巷绉出文化，我们三两至友都沉迷文房器玩，周末午后结伴走去上环一边寻找一边聊天，杏庐先生是长辈，看得多也懂得多，有他带路，破罐、旧匣、老玉、残砚，'忽然非常沈从文'。"

这个"忽然非常沈从文"，非常的闪眼，非常的新。还有那贵妇与村姑的譬喻，秀发与美人茸茸鬈角的比喻。非常董桥。

董桥更是一个书痴。自己写书倒在其次，关键是买别人的书。新书旧书皆喜欢买，或是读或是收藏，或是爱它的装帧，或是爱它的纸张，或是爱它的内容或是爱它的作者。

书于他或许是花或许是人，总归是令他有一个"不忍心"：

"……我看到一本《Dr No》一九五八年初版，摩洛哥黑色皮革装帧，书脊压红签烫金字，古典得要命。我顺手翻翻第一章第一页，四十多年前西贡白兰花的香气隐隐约约飘了回来：'Punctually at six o'clock the sun set with a last yellow flash behind the Blue Mountains...'书很贵，我要了。那本 *The James Bond Dossier* 也是初版本，从封面到封底保养如新，我不忍心不要。"

文字雅淡的人，日常烟米即罢，风云不争，愤怒等情绪至为排斥。他写一个英国作者的成名小说，"写学院里的激进讲师，都说是典型的'愤怒青年'之作，我讨厌愤怒，读了半本没有读下去。"

讨厌愤怒，多么鲜明。

因为讨厌愤怒，人世间总少不了让人愤怒到昏了头的事，所以他才躲进书斋。

他不肯尖锐。

所以写到那个红红火火的大时代，他的笔底也不见愤嘲，只在你鼻端缭绕一丝烟气，待你转眼去看，又没有了：

"吴湖帆一九五八年画的一幅石榴树、灵芝、红花、红果，据说明说是象征'大跃进'革命的火红年代，多籽的石榴果和灵芝则寓意江山千秋万代，可是，整幅画根本是很传统的图画，吴湖帆更没有在题识用旧诗词歌颂新时代，只题了'红五月'三个大字，放诸各朝各代皆可喜！老舍夫人胡絜青那幅工笔设色昙花画得真生动，题识是'经济作物为人民'，左下角盖闲章'为人民服务'。嘉德的说明说，胡老家中养昙花，年年开花，常有亲朋好友上门守候名花一现，此乃画家写生之作，画题《经济作物为人民》深具政治含义，'实属为保护作品，不致因"玩物丧志""小资产阶级情调"等莫须有的指责而加害于它，这也是当时花卉画家的唯一"出路"。'这跟娄师白一样聪明，他那幅岁朝清供完全因袭古法作画，只加画一盏红灯笼，题了十四个字：'人民公社红灯举，照得万年百花开。'"

这样的人平生寂寞，只是不会叫不会喊，只坐拥书城，在书海里看着旁人的胸中荆棘，平地风波。

过生日了，却不晓得找谁来一起过。真正志趣相投的又有几多？就便爱书罢，他读的未必是我的菜；我读的未必是他心头花，枝上鸟。

不爱书的，又实实不晓得说什么。

所以，就效仿了他，独坐书斋，以字为烛，照我半生槎枒。

淡年亦生欢

过年过年。

父亲母亲、哥哥嫂子、侄儿侄女、女儿猫咪。

包饺子：羊肉馅、猪肉馅、韭菜鸡蛋拌虾皮的花素馅。

凉拌蕨根粉、热炒腐竹、炖排骨、马板肠、手撕鸡、凉拌土豆丝、手掰肠、凉拌牛肉、猪舌根、豆角炒肉、蒜苔炒肉、炸元宵、凉切猪肚。

白酒、啤酒、红酒。

大锅肉汤熬白菜。白米粥、大白馒头。

走亲串友，看望一位88岁的老伯母。

个头儿小小的，大约不及我的胸口高。没有牙，瘪嘴巴。着新裤，穿新衫，在有出息的儿子的新房新屋里端坐得像是一尊佛。前额银发转黑，返老还童。平日里吃蛋糕，喝牛奶，无肉不欢。儿媳妇在家的时候乖乖的，儿媳妇前脚出门，她后脚偷摸开人家的大衣柜，一件一件扒拉着看，有中意的往身上比啊比，迎门照镜。洗脸用人家的洗面奶，不认字，有一回把牙膏抹脸上当"香香"。穿孙女儿的红棉袄，戴孙女儿的红发卡，把抹脸油往脸上抹的时候，额上点一点，左边脸蛋点一点，右边脸蛋点一点，下巴颏儿上点一点，就像电视广告里娇娇的小明星。

老太太属候鸟的，冬天跟儿子来城里住，儿媳妇伺候得不舒心了会骂："我儿子挣的钱，不能都给你们花了，我也得花一点！"得了病要让儿子开车拉到"大医院"："想在小医院给我瞧病，没门，没门。"过了冬天回村，自己住，蒸包子，种葡萄，种石榴，栽葱。

摔折过手腕，养养居然就好。前年还动过手术开过腹，第三天就问医生："我能不能吃肉？"

我们去看她，小小的人儿像粒端庄的核桃，我们笑，她也张着没牙的嘴巴笑，不说话——听不见，有点聋。我说"过年好"，她侧耳细听，然后尖尖细细的声音也跟我喊："过年好！"

我喜欢。

什么叫年？

小孩过的，叫"年"。穿新衣，戴新帽，买花戴，放鞭炮。

老人过的，也叫"年"。一生负担已经卸下，一世牵挂已经放手，清歌无忧。

中年人过的，不叫"年"。叫"关"。

年前想一家人的衣食，亲朋好友迎来送往一应事宜，小到瓜子花生糖果，大到请客送礼经营人情。大年三十总结过去，大年初一展望未来，小孩需要教养，老人需要赡养，老公需要补养，自己需要调养。去做头发，我问洗头小弟，我的白发多不多？他迟疑一下，说："不……那么多"。我换个问法，说如果不焗黑的话，前面的额发和鬓发，有没有白完，他说："没有那么夸张，大概百分之八十。"

一点都不稀奇，一点都不意外，连叹气伤秋的心情都欠奉，那种一丝丝渗入骨头缝里的疲惫与淡然，是年年岁岁积起来的凉月霜寒。

想想八九年前，除夕夜不肯睡，一定等到十二点，然后穿上鞋子哒哒哒地往楼下冲，看完热闹回家挨个儿给家里的桌椅板凳贺新年。

六七年前，我家的顶楼到楼顶，有铁条焊的"天梯"，供水管工人爬上爬下维修设备，除夕之夜，我居然有心情一格格爬上去，到楼顶看满城烟火，遍地硝烟。

四五年前，已经把家搬到了这里，房奴的重担不想再提。到婆婆家过新年，也偏偏有心情，一点一点去踩满地的梅红炮纸。

如今债已还完，人生尚余大半。外面鞭炮声声，众人在各自的"年"里穿行。小孩子的"年"是五颜六色的彩笔画出来的拱门，这头是快乐，那头是开心；老人的"年"是长尾巴的喜鹊登踏的梅枝，花已谢在岁月里，生命却仍旧属于自己；年轻人的"年"是彩虹糖的梦，梦里梦外都有爱情；中年人的"年"是一张纸，背面是过去的行行列列，事无巨细，正面是未来的片片红枫，艳丽似血，却是开在晚秋天凉。

睡在床上，无债无喜亦无忧。一切都是清水一样的淡然，却如烟柳笼翠雾，淡年亦生欢喜心。

秋心艳

旭 辉

　　胡兰成在《今生今世》里自言想起小时的制玩具，实在没有一样好。倒是过年时舂年糕，央叔伯或哥哥捏糕团做龙凤、羊及麻雀，来得有情意，"央红姊用深粉红的荞麦茎编花轿，有红姊的女心如深秋的艳"。

　　"艳"是好词，得其时而艳更其好，所谓粉光脂艳，端端正正，有一种贵气与从容。若是不得其时，却惹人哀惋。尤其是秋心，艳不得，只好如德富芦花称："日暮水白，两岸昏黑。秋虫夹河齐鸣，时有鲻鱼高跳，画出银白水纹。"若是艳乍起来，则有一种不当其时的炎凉。

　　可秋心又确实是艳的。

　　晚来散步，夜凉如水，秋虫唧唧，冷不防和谁家一株晚凋的蔷薇碰个对脸，天昏地黄，佳人卸了晚妆，半凋不凋的，暝色荒愁里，也挣扎着开得乍眼，透着末路萧条的惶惑与不安，凄绝，美艳。

　　看电影，着迷逝去年代里的一张张明星脸，比如阮玲玉，比如赵丹，比如白杨、胡蝶、周璇。比如秋心一叶。

　　叶秋心，长得漂亮，人称"模范美人"，大眼睛小酒窝，有那个年代特有的妖媚与清纯。与胡姗、马陋芬合演《孽海双鸳》，观之者众。可惜声名大振换不来岁月静好，现世安稳。战争爆发，电影公司解散，叶秋心居然流落为"马路天使"。好容易抗战胜利，才再重登舞台，主演话剧《双钉记》，场场客满，又让这颗秋心又艳了一回。可惜韶龄疾逝，她后来在拉丝厂，当了一名工人……

这人的名字就起得萧条，冷落。为什么要起这样一个名字呢？看她的照片，美着，艳着，红着，回眸一笑百媚生着，可是就像深秋开放的花，她的时代，已经马蹄踏踏地过去了。

邻家一个小女孩，十来岁就敢纠一群小孩开晚会，自己担当主持人、主角、导演，拿根废弃的话筒似模似样的唱。再后来我们搬家，再看到她是在照片上，人已经长大，是个十七八岁的少女了，戴着从哪里弄来的顺直的冰蓝色的假发，披一床粉红的床单，坐在草地上，发丝纷披，遮住削瘦的脸颊，是要扮演一个动漫里的角色吧。

女孩的成绩一般，家境一般，容貌一般，那么，她日后要过的日子，恐怕就是打工、成家、变胖、骂人，到最后，她大概也就记不起自己曾经写过的诗，排过的戏，照过的照片，做过的梦了吧。所以我一向乐见小孩生，不悦见小孩长，因为实在是不忍见现实的尖利粗糙，把孩童幼嫩如芽的热情与理想，狠狠扎伤。

林语堂行山道上，看见崖上一枝红花，艳丽夺目，向路人迎笑，他便想，花只有一点元气，在孤崖上也是要开。岂止是孤崖，只要有一点元气，是花谁不想开放，哪怕前路一派秋凉。

爱读二十四节的节气歌，句句不离花儿朵朵鲜：

"立春梅花分外艳，雨水红杏花开鲜。惊蛰芦林闻雷报，春分蝴蝶舞花间。清明风筝放长线，谷雨嫩茶翡翠连。立夏桑籽像樱桃，小满养蚕又种田。芒种玉簪开庭前，夏至稻花如白练。小暑热风催豆熟，大暑池畔赏红莲。立秋知了催人眠，处暑葵花笑开颜。白露燕归又来雁，秋分丹桂香满园。寒露菜苗田间绿，霜降芦花飘满天。立冬报喜献祥瑞，小雪鹅毛飞蹁跹。大雪寒梅迎风开，冬至瑞雪兆丰年……"

同样是年过岁逼，花谢花飞，却被它排布得热闹奢华，即便世界不热，一颗心也偬得它热了；一朵花不肯开，一颗心也偬得它如火如荼地绽放，哪怕开了再谢，也红过，艳过，风光过了一场。

所以王维是诗佛，可是佛心居然也是艳的："秋山敛余照，飞鸟逐前侣。彩翠时分明，夕岚无处所。"渐淡秋山，逐侣飞鸟，彩翠羽毛闪闪地跳。

苏轼是豪雄，豪雄的心在秋天居然也是艳的："贪看翠盖拥红妆，不觉湖边一夜霜。卷却天机云锦缎，从教匹练写秋光。"碧波红荷，秋光不觉胜春光，白霜恣意欺红妆。

所以呀，还是莫哀莫叹吧，既然花尚且肯开不怕秋凉，那赏花的人自来便有的福分，就是春赏花赏叶，秋读红读黄。

幸福的滋味

刘代领

那天，我与几位朋友一起喝茶聊天，边喝边聊起了有关幸福滋味的话题。一位朋友提议，每个人分享一下自己感悟到的幸福滋味。

第一位朋友说，他生长在农村，大学毕业后在大城市打拼，刚开始那几年总觉得自己挺辛酸的。在几家公司上过班，薪水不高。本本分分做人、踏踏实实做事是他的人生信条。在他打工的第五家公司工作得不错，一年后公司调他做外埠市场经理。总经理嘱咐他："公司想给你一个更高的平台去发展。希望你踏实工作，不辜负公司对你的期望。以后有什么困难给我打电话。"能够被信任，被支持，被关心，让他很感动、欣喜和激动，有一种酸酸的感觉侵袭了他的鼻子。这种酸酸的感觉，他想就是幸福的滋味。大家报以热烈的掌声。

第二位朋友说，从小喜欢吃糖，有一块糖含在嘴里，很享受这种甜蜜，觉得很幸福。人生谁会没有烦恼，可烦恼过后生活还得继续啊。烦恼的时候，他就吃一块糖，慢慢去感受，瞬间感受到的只是甜。走在人生的道路上难免有疲惫的时候，每走一段，不管顺境还是逆境，他就奖励给自己一块糖，细细品嚼的同时内心也充满了甜蜜的幸福感。大家对他这种乐观的"糖"，微笑着赞许。

第三位朋友说，小时候家里穷，苦头没少吃，为以后不再吃苦，家长教育他好好读书，积极进取。大学毕业后走向社会，他走了不少坎坷不平的路，也尝到了不少苦涩，而他一直拥有着一颗向上奋斗的心。经过多年艰苦奋斗，目前他生活得还不错。他意味深长地说："人生没有谁总是生活在甜蜜中，有时只不过暂时来点苦的。识得苦滋味，方知甜滋味。难道吃苦不是一种幸福的滋味吗？"大家点头称是。

第四位朋友说，他爱吃辣，也有几个喜欢吃辣的朋友。大家没事的时候就聚在一起吃麻辣火锅，边吃边聊，辣味越浓，谈兴也越高。大家吃得尽兴，玩得也尽兴。人生难得有知己，一起吃辣亦快哉！那种惬意，那种酣畅，那种快乐，那种友情，在辣辣的氛围中尤其感觉美好。朋友们相处得很好，谁有难时相互帮助，有快乐时共同分享，他觉得是辣带给了自己幸福。大家说，原来辣也是幸福滋味啊。

第五位朋友说，他吃饭口味淡，妻子没出嫁前不会做饭，结婚后做饭有时咸有时淡。刚开始他总是抱怨她。后来妻子做饭咸淡把握得差不多了。一个周末，他打篮球回家后妻子正做饭。他看见妻子在菜里放盐比平时多了两倍。他问妻子："你知道我不吃咸还放那么多盐干啥？"妻子说："你打篮球出汗多，给你放少了盐吃起饭来没味道。"那时，他好感动，有这样一位知咸知淡的妻子关心着好幸福。大家微笑赞叹他，真是咸也幸福，淡也幸福。

生活有五味：酸甜苦辣咸。幸福不也有这五味吗？幸福要是只一种滋味，岂不太寡味？无论上天给你是酸、是甜、是苦、是辣、是咸，都当享受。酸甜苦辣咸不也都可以过出幸福的滋味吗？当我们懂得酸甜苦辣咸中都隐含着幸福的滋味时，不就成了人生的赢家？

我为我的心

郁离丝

　　中午小睡，梦中得句二："千山万水魂归远，关山不到行路难。"很奇怪？一点也不。我经常在梦里写东西，就那么有条有理，一行一行写下去。有时候知道是梦，一边写一边想着："记好了，等一会儿醒过来，原样照抄。"有时候不知道是梦，就在梦里打开笔记本记梦。"日有所思，夜有所梦"大概就是这么回事，所以我完全相信《红楼梦》里香菱学诗的事。

　　她学诗，写一首不成，再写一首还是不成，便"挖心搜胆，耳不旁听，目不别视"地一路思索了去。探春逗她："菱姑娘，你闲闲罢。"香菱怔怔答道："'闲'字是十五删的，你错了韵了。"夜里还是想诗，两眼鳏鳏，直到五更方才蒙胧睡去，梦中得诗八句：

　　"精华欲掩料应难，影自娟娟魄自寒。

　　一片砧敲千里白，半轮鸡唱五更残。

　　绿蓑江上秋闻笛，红袖楼头夜倚栏。

　　博得嫦娥应借问，缘何不使永团圆！"

　　这首好，香菱学诗算是成功了。之所以成功，因为她走了心，吃了苦，但是香菱并不觉得苦，因为她喜欢。

读书和写作是苦的，可也是我喜欢的，若是把这些拿掉，反而是苦痛折磨。

所以，"成功"这两个字，怎么说？

在我们的世界里，这两个字凝成一个词，像一块厚青砖，虎背熊腰，方方正正。一块块厚青砖砌成一幢幢城堡，有大有小，既是领地，亦是界限，界限之外，不是你的地盘。最终躺在病床上，弥留之际，心头难保不是对城堡之外的向往与遗憾。这个城堡标志的"成功"，真的是自己一生想要的吗？

心是不说谎的。得了名的人说出名无趣，得了利的人又说发财无趣，那这样的活法大抵就是无趣。真正的有趣是想出名的人出了名，体味到出名的趣味；想发财的人发了财，体味到发财的趣味。这个"味"有了，像舌尖上吮着一枚几千斤重的青橄榄，这个活法就算成功了。所以对于钻营求官也好，谋求发财也罢，沽名钓誉也中，都不必去骂，只要人家觉得有趣，且又不祸国殃民，就是成功。对于辛苦谋生的人也不必去怜，对于挂冠归里的人也不必去敬，只要人家觉得活得有趣，那就是成功——人家的成功与你何干，为什么翻唇弄舌、评长道短？

薄春初至，榆钱早发，路边看见青凌凌的几枝开，拿个小篮捋了半篮下来，裹上一点点面，炸成榆钱丸子，入口一股子清甜；春日渐深，梨花开了，百亩梨园，人树皆静，蜜蜂嘤嘤嗡嗡，我是绕树周转闻花嗅朵的大黄蜂。春天日深，槐树一夜之间吐了花，又拿个小筐掐了十几枝下来，捋下青白瓣嫩红蒂儿的花儿，洗洗净，拌上玉米面，蒸了一屉槐花"苦累"。什么时候，我也学会了悠游卒岁。竟也不觉得光阴浪费。

人到中年，清楚明了了自己没有安邦定国之才，又没有凌云鸿鹄之志，偏居一隅自由自在即是梦寐以求的好日子，因为这样的活法，心觉得安适。

陶渊明回了家，喝着薄酒，看着庭院里的树枝，在自家的小园子里转悠转悠，看看天，看看云，看看鸟。天晚了，还不愿回屋。不要高朋满座，不要你来我往，就这么出门访访田野沟壑，林木清泉，和田地里干活的老农谈两句天。他在那个社会的普遍价值体系里，算是失败的吧？可是这样的活法却赢得了自己的欢心。

陈忠实去世了，他的《白鹿原》写得实在是好。我到现在也搞不明白他做过什么样的官，担当个什么职位，因为他在官位上毫无建树。他就是写小说的人，他就喜欢写小说，让他在当官和写小说二者选一，他必选写小说，因为不写会要了他的命；若是为做官而弃写小说，他会不开心。

濮存昕不爱当北京人艺的副院长，他就爱做演员："让一个演员介入管理，真的不行，这是把我毁掉。我自始至终都是演员，我自己评定自己，我那点水平，撑不起人艺的发展方向。"哪个是成功，做演员还是做院长？很显然大家都认为是做院长，可是让他做院长，不让他演戏，他会病，会死。你说对于他的心来说，哪样才是成功？

无论什么境地，什么情况，悠游卒岁也好，官高位显也罢，发大财也好，戴着草帽下大田也罢，你的活法应了你的心，就是成功了。哪来的什么成功学。人生目标就是五个字：我为我的心。

　　就这么简洁明了，就这么简单粗暴。

繁花里有着这世界的全部真理

闫荣霞

到处是花。

大朵大朵的向日葵。假的，挂在真的树桩子上。树桩子蹲在墙角，两个丫杈，像是小丫鬟头上的两个抓髻。

长长的吊兰，吊在草编的挂帘上。

尖尖的斗笠，从海南千里迢迢背回来的，铺着一朵一朵少数民族风味的金花。

青铜的香炉本身就是一朵花。层层叠叠黑色的莲花瓣。炉香乍热，法界蒙薰，诸佛现全身。

墙角一盆一盆的花。这些都是真的。油绿油绿的叶。我叫不上名字。

喝茶。

青瓷白瓷开片的杯，淡黄淡绿的茶水。若隐若现的音乐，袅袅升起的炉香的烟。树皮卷成的筒里盛着香，盖一个手绣的花布盖。

卧室里放着衣架，也是一个大树杈。这根杈子上挑一件大衣，那根杈子上挑一根围巾。墙上贴着一片一片绿的叶。

地上跑着只小泰迪狗，卷卷的毛，表情时时刻刻像在笑。

还有一只大白猫，稳重得像香闺小姐，蹲在那里静静看着我，我向它问好："嗨，妞妞，你好。"它才"咪"一声走开了。

我和女同学一同去听国学课，夜深借宿她家，就像一只蚂蚁住进了一朵花。我羡慕她。平时过完凡俗日子，无事回家沏茶燃香听乐赏花。若说这不是神仙过的日子，神仙也不信。

数年前这位同学来我家，我们先在老旧的土城墙游玩，折了几枝榆钱，然后回家围坐喝茶。桌是普通的餐桌，茶是普通的清茶。她却寻来一个茶杯，巧手一摆一弄，把几枝榆钱高高低低错错落落插在瓶里，一下子整张桌子有了中心，就连絮絮说起的日常生活里的油盐柴米，也有了一缕清香的滋味。

原来她本来就有一颗开着花的心。

我却不成。家是素白的墙，一摞一摞的书，制式的床和书架，甚至连一串或一朵装饰用的假花都欠奉。心走得太急，把有情人间拉得太远，所以活得孤寂清寒，忽略了小雪雪冬小大寒，寒食清景柳如线。我的心不是花，它是一捧雪、一弯月，是风过雨过后天边露出的一两粒星子。过凉，过静。现在想想，好像自己的生活中，竟是没有什么可资留恋、怀想的。

卡蒂埃·布列松有个"决定性瞬间"的说法，说的是最佳照片可以敏捷地抓住恰好出现的瞬息光影，哪怕是一个轮胎或是一汪水洼，或是一个跳跃的人，在此时都各得其所，显露出非比寻常的意义和美。

我也有我的"决定性瞬间"。

比如上下班的路上，一条不知道是谁家的狗。我出门不远，它便从不知道哪个角落冒出来，看着我，友好地冲我摇尾巴，我对它打招呼："嗨，你好。"待下班回家，它又从不知道哪个角落冒出来，看着我，友好地冲我摇尾巴。我拿一点吃的给它，它会伸过大嘴巴礼貌彬彬地叼住，一派斯文。然后我们一路走一路交谈。我问它："你今天都去哪儿了？玩得开心吗？有没有交到新朋友？"它就小碎步傍着我，时而试探性地用湿润的鼻头触触我的手掌，或者用黄短毛的身体蹭蹭我的裤腿，都绊得我走不利索了。然后我说："拜拜，我要回家了。"它就站定。

然后，我回头看，它就站在原地，缓缓冲我摇尾巴。

这个瞬间让我失神，那一刻真希望它是一个人。

我还在心里收藏过好多的"决定性瞬间"：春天来了，一棵树开了满头的花；两只小猫怒毛竖立地打架；睡在婴儿车里的宝宝流口水……可是竟没有一个瞬间发生在我家。我的家没有花，没有茶，没有悠扬宛转的音乐，墙上也没有贴绿叶，我也不曾和亲爱的爱人对坐共同品过茶。我对天下万物皆有好意，却独独薄待了我的家。

《追忆似水年华》里，一个小男孩久久地凝视着一棵李子树，发现它的繁花中有着这世界的全部真理。是的，繁花中有着这世界的全部真理，我却不肯让哪怕一朵花开在我自己的家里。因为怕，怕玩物丧志，只顾了小情小趣，忘了手中的笔。于是，我的日子枝干清晰，宛如落光了叶子的秋日。

千山暮雪，眼看冬至。

如今方才明白，手中的笔换不来凡尘俗世的好日子，文字也不是生活的全部含义，思考是好的，可是偶然放下也没有什么了不起。真希望从此之后，有朝一日，若是心头涌起悲伤，回到家来却能看见繁花朵朵，如同真理开放。坐下来品一杯淡翠深红的茶水，香味与音乐一同升起，能够远离人间却又坐在世界的中心，看千百年来的春花秋月。

朝　颜

许冬林

清晨起来，看露水瀼瀼的庭外草木，赫然开出朵朵朝颜。就觉得整个大地，都在一朵浅紫的喇叭形花瓣边沿醒来。

院墙边，篱笆上，柔柔细细的茎蔓上，翠叶叠叠，嫩花朵朵向上攀登，或顺着茎蔓在墙头上逶迤。

花开得好早！像一裙十三四岁的乡下小姑娘，举着花布伞，三五成群地去上学。田野上，山道旁，路边的芒草上满是露水。晓月的淡光，粉似的，敷在薄蓝的远天上，仿佛一碰，就会被风吹落吹远的样子。

朝颜花像我们朴素的少年时代。

多年后，读书上学，实现梦想，离开乡野，融进红裙或白领的人群，混淆于红尘。外人不知，我们曾有过那样朴素干净而安恬的少年时光，在乡下的少年时光。

就像不知道朝颜，还有个极朴素极朴素的名字：牵牛花。

是啊，我曾经也是那样清美的一朵牵牛花，经过乡村的羊肠小路，经过柳荫下，经过桑榆荫下，经过开满单瓣木槿的花阴下。我是一朵桃红小花，手中牵的细长牛绳的那一头，是生产队集体养的一头憨厚褐色水牛。八十年代的中后期，十来岁的农家女孩，在星期天，在暑假，会在一根牛绳上悠悠荡荡度过一段放牛的日子。

彼时，我喜欢牵着牛绕路去江堤，只因为那多绕的一截路边有一户人家，那家花多女儿多，花美女儿也美。那家的小花园在路边，可以一览无余地看见花们。

他们家的女儿给牵牛花搭了花架子，一根根细细的竹子齐齐靠在青砖的墙边，竹子之间还织网一样缠了细绳，牵牛花的细长茎蔓便从容地在绳子上竹子上游走，攀登，一程又一程。一路的花开灿烂。

黄昏，那几个女儿，穿着白裙子，给花们浇水，用水壶，慢慢地喷洒。这之前，我见过牵牛花，但都是野性十足地在墙上树上乱爬，没人搭架子。我也见过人家浇水，但多半是一瓢泼过去，动作粗蛮。我心里好羡慕他们家的女儿，也羡慕他们家的花儿。

一个十来岁的女孩子，在人家的花前，忽然懂得：日子是不应该潦草粗糙地过，日子应该是精致的，每一件事，都可以用耐心和细心来做到完美，做到灿烂。

我悄悄收集牵牛花的种子。开春，雨长长地下过，在门前的梧桐荫下圈出一方地，种牵牛花。浇水，看花们发芽，在泥土里一日日挺起腰身，然后移苗。怕猪来拱，给花们围篱笆。然后，学着花多女儿美的人家，给牵牛花搭架子。

夏天，牵牛花盛开，一朵朵小喇叭，像要喊出我心里的欢喜。妈妈没太在意，她的女儿种花终于守得花开的喜悦，她忙时干活，闲时打骨牌。而我，在漫长酷热的暑假，于清晨出门去放牛时，看见那一轮轮桃红的小太阳在一波波绿叶里升起，就觉得日子有了不同寻常的意味。觉得自己和那户人家的女儿一样，一样美丽，一样娴雅。甚至还有更多说不出的美好。

时光荏苒，当年种牵牛花的女孩，如今已过朝颜一般清美的年龄。某日晚凉时分，就着阳台外的薄暮天光读《枕草子》，书香氤氲里再次遇见"朝颜"，恍惚间，旧事旧人一一像遇潮的种子，在心底吐根。

遇见"朝颜"，就像在一池碧水里，遇见自己，一朵牵牛花一样的少时自己。

第五辑

修行是一生的课程

修行，是要于这火旺莲花的所在，修得秋夜水潭里月影一轮，"触波澜而不散"；静夜的钟声朗朗，"随扣击以无亏"。到这个地步，就如火融冰，到哪里都没烦恼，走哪一步都不执着。

　　修行，就是这样，一步一步，虽然没有梯子可以登，却是步步都往空中去了。你去的地方，别人不认识你，没有谁理解你的智慧，你也不为此感到寂寞与难过。你到达的这个所在，没有船停泊的码头，没有鸟栖息的树枝，不需要这些东西证明什么，外在的庄严也不算什么，你已经得到真正的安乐喜悦。

忘掉也是修行

罗 西

我有轻微抑郁，不过，也自带健忘装置，容易忘掉曾经困扰自己的小烦忧。

最好的医生是自己。小时候，家里的狗狗生病了，它会自己去寻药，跑到麦田里咀嚼一些叶子，拉稀就好了。

一位从事老干部工作的人说，每逢离休老干部生日，他们都要送蛋糕并附一彩带，写他们原先的职务，比如"X副县长生日快乐"，此举极受老干部欢迎。但有一天，一老干部提着蛋糕前来兴师问罪，说是写错了。大家一看，没错啊，X常委，但是老干部生气地说，"我退休前确定为正处级待遇，你们必须在后面加括号注明正处级！"活得累，往往就是记挂太多，你一执着就苦了，等于背上的包袱就增加了一袋。罪加一等，自己加。

一位老师在课堂上讲了一个笑话，大家都笑得不行。半个小时后教授又把这个笑话讲了一遍，同学们只有一半人略带笑意，很勉强。当教授第三次讲这个笑话的时候，大家面面相觑，没有人再笑了。教授由此说：既然你们从不因为同样的一个笑话一次又一次感到快乐，为什么总因为同一个理由持续悲伤呢？

这个老师好有智慧，其实就是我啦。

学会卸下一些东西，让自己清爽、轻快。最近冰箱里积压不少肉类东西，我每天就带着两条火腿去跑步，公园里有几只流浪猫，我带着火腿去给它们吃，冰箱空了，莫名地心里也敞亮了。钱钟书说："洗一个澡，看一朵花，吃一顿饭，假使你觉得快活，并非全因为澡洗得干净，花开得好，或者菜合你口味，主要因为你心上没有挂碍。"即安宁。

舒马赫是地球上开汽车最快的人，获多次总冠军。有人问：赛车最关键技术是什么？他说：刹车。真正的雕刻大师，都是用很钝的刀。

科学家千辛万苦爬到山顶时，佛学大师已经在此等候多时了！现代生活，离不开科技，但是因为对效率、速度、功利的过分追求，往往让我们的灵魂变成空壳或者变得沉重，所以心灵的禅修，可以提高生命的品质与光泽。一位迷惘者夜访禅师："我有很多事情想不通，想跟你说说。"禅师答："想已是多余，说更是啰嗦。"那该怎么办？青年追问。禅师笑答：这个太简单了，睡觉去！

英国女孩沙罗克能回忆起自己只有12天大时的情景，当时妈妈把她抱到驾驶座，帮她拍照；其后发生过的事情、梦境，她都能巨细无遗地描述出来。不过，这种超强记忆力并没有给沙罗克带来太多好处。因为每当她回忆往事，当时的情绪也会同时再现，比如3岁时她跌倒擦伤膝盖，现在重提旧事左膝也会隐隐作痛；读书时又因为记的内容太多，反而难以应用……

科学家做过统计，想要彻底忘掉一个人需要七年时间，因为七年可以把人身上的每一个细胞都更换一遍。禅说：忘掉是一种智慧，可以上半夜笙歌，下半夜睡去。其实，即便从科学角度看，大脑也有应急机制，会自主地筛选记忆或者忘掉那些会痛的记忆。据说大脑会使用两种相反的方法来处理我们那些不想回忆起的记忆，第一种方法是简单地将记忆"拒之门外"，第二种则是依靠想其他的事情来替代它。

第一种的智慧是：与我无益的，即没有，不要也罢，谢绝；第二种的智慧是：来个新欢吧。

你之所以不想再回忆它，是因为你还要继续生活。来自剑桥大学的认知神经科学家班诺特博士如是说："健康的人都会交替使用这两种大脑策略，这两种方式似乎同样有效。"

烦恼无来处，无去处，纠缠无益。只有此时此刻，回归一念清净，然后守住每一个当下，自会念念清净。

忘掉就是修行。最新研究发现，大脑每天也要"洗澡"，洗澡时，脑室会源源不断地生产脑脊液，运行到大脑表面，与脑内细胞间液不停地交换并带走"垃圾"，洗一个澡大概需要——8小时。没错，大脑就是在你睡觉的时候洗澡的，你不睡觉，大脑就没法好好洗澡。有些问题、困扰，别太在意，搁下，或你睡一觉就好了。

医生也说了，很多病会自愈的，睡一觉就好了，就像忘掉。

有些人总是把50斤的担子挑出100斤的疲惫，有些人则一路放下也一路清欢、轻快。快乐幸福，往往是修来的，而很多负担压力，往往是自己在为难自己。忘掉，放掉，其实是一生都要修习的课程。

心灵的皱纹不必抚平

崔修建

那年，我去湘西旅游。在一个小村里，我看见一位面目安详的老人，坐在一棵老槐树下，微眯着眼睛在打盹。不远处，有两只鸭子正悠然地踱着方步。

我走到老人跟前时，他睁开眼，很随意地问了一句："年轻人，从哪里来啊？"

我告诉他："我来自黑龙江的漠河，一个非常遥远的地方。"

没想到，他竟一语平淡道："那是一个不错的地方，我年轻时去过那里。"

我愕然，瞧他那一副足不出户的神态，谁能想象到他曾去过数千里以外的东北？

老人平静地告诉我："年轻的时候，心思总是被外面的世界牵引着，梦想着走遍祖国的山山水水，兜里面没有钱，就逃票、搭便车，不辞千辛万苦地去过一些个地方。现在老了，待在家里，忽然发现自己生活的这个小山村，也有不错的风景。"

"人老了，您的心态还很年轻啊。"我想安慰老人。

"脸上有皱纹了，心上也有皱纹了，不能再年轻了。"老人的回答大大出乎我的意料。

"有年轻的心态就好。"我读过一些让人保持年轻心态的书籍。

"年轻的心态就一定好吗？老年人就该有老年人的心态，就像这棵老槐树，你能一眼看到它的沧桑，我能感觉到它满怀的沧桑。"老人的瞳仁有些混浊，目光里却透着岁月一样的深邃。

"是啊，老人就应该有老人的心态，为何非要保持年轻的心态呢？"我想起奥地利作家托马斯·贝雷·阿尔德里奇的名言："抚平心灵皱纹，便会青春永驻。"我不由得质疑这句一向喜欢的名言：难道青春永驻就是好的？

没错，每个人都熬不过无情的岁月，都会在心灵上刻下岁月的印痕。那些深深浅浅的皱纹，生动地告诉我们曾经历过怎样的沧桑，不同的年龄里，应该有不同的心态，就像树轮，每一圈都大小不一，形状各异，为何偏偏要执拗地青春永驻呢？

记得那一次理发时，我旁边坐着一位精神矍铄的老者。一个年轻的小姑娘一边细心地为老者理发，一边建议他把斑白的鬓角染一染，说那样他会显得更年轻一些。

老者立刻回答道："不染，不染，坚决不染。到了我这个年纪了，头发应该白了，既然白了，就让它白好了。"

"难道您不喜欢变得更年轻一些？"小姑娘还不肯放弃。

"我年轻过了，喜欢过年轻；现在年老了，要喜欢上年老。"老者一副随遇而安的神态。

真好！知道自己老了，坦然地面对就是了。而一味地渴望不老，希望青春永驻，无论是身体上的，还是心灵上的，其实都是有些不够成熟的表现。

细细想来，生命真的应该如此：顺应时光的安排，既然身体已经老了，心态随之老一点儿，又何妨呢？一个本已苍老的身躯，反倒非要逼着自己保持年轻的心态，那该是一件多么尴尬的事啊？

人生一世，该天真的时候天真，该青春的时候青春，该苍老的时候苍老。感谢岁月馈赠的皱纹，留在身体上的皱纹，和留在心灵上的皱纹，都不必劳神劳力地去抚平，只需平静地接受，就像接受花开花落、云卷云舒一样，自然，洒脱。

我心清妥

祝宝玉

"我心清妥，语无烟火"，盘桓在袁子才的《续诗品》中，独这二句触动了我，于这沉闷噪杂的尘世间，仿佛不期而遇一阵凉雨，沁浸我的身心。

心外无物，方能自守清净。二百多年的大哲学家王阳明以格物而致知，从一竿竹、一枝梅、一阕云、一滴水中参透人世沧桑，用简精的文字，澄明的道理，总结千年儒家文思。他心是清妥的，所以可以抛却名利，隐居深山，自得一方桃源。文字愉情，山水养性，云卷云舒，风来风去。

我在求达这层境界，而未抵之。

人生况味，五味杂陈，不经历，不知道，经历后，方知人生艰难，心静难求。"少年听雨歌楼上，红烛昏罗帐。壮年听雨客舟中，江阔云低、断雁叫西风。而今听雨僧庐下，鬓已星星也。悲欢离合总无情，一任阶前、点滴到天明。"南宋词人蒋捷在繁星比比的两宋词坛没有鹊起的大名，但我认为这首词并不比温庭筠、李清照等人的差。少年无知，壮年无情，鬓白暮年才懂悲欢离合，心才清妥，一任阶前。

清净，妥帖。不矫揉，不造作。经历了风雨，懂得了人情。

心不再浮躁，人不再盲动。一杯茶，一本书，一张琴，一个悠闲自在的下午。至黄昏，闲庭信步，屋后竹林，提壶相呼，知己二三，谈笑江湖。

以雨为介，融人生阅历进晚风暮雨，少年不懂，追逐名利，莺歌燕舞；壮年微懂，漂泊异乡，触景伤情；暮年之时，浪子回头，一任雨声淋漓，喜怒哀乐消解文字间。

对我来说，三国与水浒早束之高阁，落满尘埃，这些文字充斥着太多的暴力，扰我宁静。读书，也是禅悟的过程，隐约有一条小径在草木间，等你去寻，这是一条通往瓦尔登湖的捷径。不读厚黑，也不阅情色，我愿行走原野，捡一片落叶来读，读一粒石子内核上铭刻的物语，读一尊残碑，读一轮玄月，读草，读花，读雾，读存于自然的万事万物，文字编撰的书不一定要读，读懂了一切大道的源头，自然心通理明。

"明月松间照，清泉石上流"，一缕松风抚平我的哀痛，案牍上的得失，庙堂里的荣辱，岁月中的离合，愿都随清泉流去。流经我的视界，洗涤我的双脚，净化我的心灵。懂得"菜根"之潭，打开小窗，幽记过往云烟，或围炉夜话，空山鸟语，浮云梦影。

我心清妥，把语言珍惜，看破了别讲透，因为别人不一定懂，更莫要言语胁迫，促心灵拔苗助长。我心清妥，语气应放缓放平，带着一丝清凉，一丝感悟，去消解急躁，去涤化污垢。不是不明烟火，只是怕身染烟火，烟熏火燎。

我心清妥，淡泊处事，语无烟火，宁静致远。

也可以安静地努力

原炜飞

　　同事小芳是个30多岁的女人。每次见她，都是淡雅娴静，与世无争的安稳样儿，从不和我们争先进抢业绩。有时我们聚在一起，探讨起乘现在的鼎盛年华，积极努力拼搏一番，她也总是微微笑着不为所动，日日里淡定从容。

　　一个午后，我正着急着晚上的约会来不及回去换衣服。她轻声说要不你去我那儿挑两件？她家离我约会的地点很近，而且我们两个身材差不多，想她平时穿的几件棉麻衣，也很喜欢，便高兴地答应了。谁知下班随她到家后，她随口问我："你要穿我穿过的，还是我没有穿过的？"看我露出为难的神色，她立即笑道："逗你的，哪能让你穿我穿过的，你自己挑吧。"说着，她把衣帽间的门打开，我立时怔住了。

　　这哪里是什么衣帽间，分明是间服装设计室。一个个衣橱里挂着件件惊艳的棉麻成衣，另外有个衣橱里挂着两件未成品，中间的台子上放着正在设计的样稿、样品，旁边是缝纫机、锁边机……我半天才回过神来，难怪她说要我来这儿挑两件，到这时我才明白过来，既惊讶兴奋又羡慕地问她："你家还有人搞服装设计呀？"她抿嘴笑笑，拿出件淡粉色连衣裙，说："这是我刚刚做好的，你试一下，应该可以的。"

我震惊地望着她安谧的目光，嘴角挂着恬静的笑。真是令我难以置信，"这……这是你做的？"她点点头，依然是一副清淡的模样。

这怎么可能？我从未见过她有任何努力，从未见她表现出一点点的辛苦，从未听她说过她的理想和追求。在当下这个物质和欲望弥漫的时代，多少人为了梦想耗尽心力，不敢懈怠，甚至不惜违背最初的意愿，放弃很多美好的时光，日日里勤奋地劳累着。就像这么多款式新颖、别致又飘逸的服饰，不是短时间内可以完成的。我震惊得说不出话来，也瞬间明白了，其实，并不是她不努力。她一直都在努力。只不过她的努力和我们的不一样。

临走之时，我忽然看见衣橱最边上挂着的一套蓝色衣裙，不由失声道："这不是前几年我在网上买过的一套？"她点点头，轻声说："这件蓝色的两件套，也适合你，虽然是前几年的，但我当时缀了中式盘扣，现在穿也不过时。"到这时，我才知道，那家布衣坊的大部分服饰是她设计的。

"你真是让我大吃一惊！"我惊叹道，"真没想到，平时在单位根本没看出来，你过得那么安闲。""我确实不忙啊！"她笑着说服装设计是她大学的专业，一直很喜欢，先开始是给自己裁剪，后来开衣坊的同学叫她帮忙设计，所以闲下来的时候就做做，不过是个爱好，不用去那么辛苦，苛求自己，一切都顺其自然。她淡淡地说着，神色平静而安然。

这让我忽然想起另一位同事小郭要强的眼神，不管做什么，她都要和别人争抢，要比别人强，比别人成功才行。每次大家都说要学习小郭的积极性。现在想想，倒应该多多学习小芳的努力。努力也可以像小芳这样，不必那么争强好胜，辛苦劳累，也可以安静地努力。

安静地，时时保持着淡定从容的心境，坦然地面对、承受，不管是顺利还是坎坷，都能拥抱到真诚和美好的时光，享受到生活的幽幽芬芳，活成自己想要的模样。

借花献佛

顾文显

能法和昭通两位和尚，相约去西方参拜佛祖。

他两个行囊中装着经文和平时所书写的诵经心得，一到休息处，就迫不及待地打开来悉心诵读。在佛祖面前，他们深知自己的浅薄。拜见佛祖，佛祖必然要降佛旨垂问，若是答不上，那可就是前功尽弃！两位高僧如履薄冰，总觉得自己无论哪一处都没学精学透，见了佛祖怎么交待？遇上风吹雨淋，他们就脱下僧袍，包住那些经书、文章，并把它们贴于胸前，然后弓下腰死死护住，任雨水从自己身上流过，也不能湿着经文半点！

行囊好重好重，两位僧人的脚步也越来越迟疑，毕竟离佛祖一日近似一日了，越是想见，又越是怕见啊。

这天中午，能法禅师去树林中小解，发现树丛中有一株小花，叹道："这么小的东西，苦苦地开放，有什么用啊？"昭通听到叹息，过来一看，两眼放光："师兄不想要它吗？那师弟要了啊。"

"你要这花有什么用？"能法有些不解，"野生之物，你要就要吧。"

昭通和尚小心翼翼地把那株野花连泥土挖下，用一片大树叶包住，捧在手里。

能法心中暗笑，这痴呆，背如此重的行囊，自顾不暇，还有心思来呵护着这小花儿，真是何苦！

两位高僧晓行夜宿，历尽千辛万苦。昭通和尚无论多累，依然把行囊绑于后背，腾出双手捧着这株小野花。一遇到水源，他做的第一件事，就是给野花浇点水。

能法和尚说："快扔掉它吧。诵经人要一心向佛，哪那么多尘念。这花瞅着让人心酸，什么破玩艺儿。"

"哪能扔。"昭通说，"我想把它呈献给佛祖。"

"啊哈哈……"能法大笑道，"你这些年白修炼了，佛祖什么稀世珍宝没有，他老人家会稀罕你这破花？"

"花虽寒酸，弟子意念不萎。"昭通照样我行我素。

终于见到了佛祖。两位风尘仆仆的僧人匍匐于地，高诵佛号。他们献上不远万里背来的经书、心得，这是他们生命、心血的凝聚啊。

昭通献上经书、心得，又双手奉上那株野花，它居然又绽放出一朵！

能法正想笑，却见佛祖一双天眼睁开，慈祥地说："凡来朝觐的弟子，全是经书啊，心得啊……我都看腻了。唯昭通精诚可嘉，我要格外晋封于你。"

能法大师无论如何也想不到，区区一株野花会得到佛祖的青睐，他不服气："佛祖无所不知，那野花是弟子发现的。"

"知道。"佛祖说，"你只想着自己得道，而昭通一路上时时呵护着这小花，他更有奉献精神。"

"佛祖明鉴！"能法叫屈，"难道弟子们一世修行，就仅仅从这株借来的野花上见分晓吗？"

"不是这样。"佛祖说，"你念经，比昭通更辛苦，背上的经文也多于他。然而，你做这一切，都是为了得到我的赏识，你在背负重物和保护经书时，所想的都是切切别功亏一篑，万里之行，图的什么呀；而昭通捧着这朵花，他心里只是想着，尽量把它完好地献给我。一朵枯萎的野花，他能换到什么呢？欲望越浅，意义越深重，你修行半生，难道不明白？"

能法悔之不迭，只能屈立于昭通肩下。

鸭子胸前的玫瑰

郁离丝

一只鸭子最近老觉得有什么东西跟着自己，一扭头，看见一个人，长着一个骷髅头，穿一身黑黄格子的长袍——也许是睡衣？他整个人也长得黄乎乎的。背在背后的黑乎乎的手里拿一枝红玫瑰——其实也不是红啦，是黑红黑红的颜色，好像凝血。

鸭子问："你是谁？"他说："我是死神。"

鸭子吓一跳。

鸭子还以为他是来带它走的呢，但是不是。他只是陪着它，据他说从鸭子一出生，他就一直陪着它了，好"以防万一"。至于这个"万一"是什么，那肯定不是咳嗽啦，感冒啦，碰上意外啦，或者说是遇上狐狸，因为那是生命之神的工作。至于这个"万一"是什么，死神仍旧没有说。

不过，这个死神好友好啊，还对鸭子笑呢。鸭子甚至忘了对死神的害怕，还邀请他到池塘里玩，死神想："真是怕什么来什么。"

在池塘里，鸭子一头扎进水里捞小鱼，把两只脚丫子和庞大的屁股都倒着竖立在天上，屁股上还有圆圆小小的屁股眼。死神可不干，他说："请原谅。我必须离开这个湿乎乎的地方。"原来他讨厌水。死神也有害怕的东西呢。鸭子以为他冷，于是就把自己全身覆盖在死神身上，为他取暖。它一旦放松了劲道，就软软的，像给死神盖上一件不太严实的毛皮大衣。死神想：还从来没有谁对自己这么好过呢。

第二天早晨，鸭子一睁眼，发现自己没有死，高兴地呱呱大叫，和死神东说西说："有些鸭子说，我们死后会变成天使，可以坐在云端往下看。"死神被它吵醒，坐起来附和说："很有可能。你本来就有翅膀。""还有些鸭子说，深深的地下就是炼狱。如果活着的时候不做一只好鸭子，死后就会变成烤鸭。"死神说："你们鸭子真能编些离奇的故事。不过，谁知道呢？"死神一边和鸭子在一起走，一边双手仍旧背在背后，手里想必仍旧拿着那枝从来不离手的黑红玫瑰。

死神邀请鸭子爬树，鸭子的眼瞪得圆圆的：这它可不擅长啊！不过，经过一番艰苦卓绝的努力，它还是和死神一起坐在高高的树冠上。遥望整天戏水的池塘，鸭子难过起来了："有一天我死了，池塘会很孤单的。"死神说："等你死了，池塘也会陪你一起消失——至少对你是这样。"鸭子说："那我就放心了。到……到时，我就用不着为这件事难过了。"它还是说不出"到死时"。

很奇怪，当我听到鸭子这样说的时候，我也放心了。原来等我死的时候，我所深爱与相伴的这一切，天空、大地、风、日、云、我的书、我写过的字，都仍旧在陪着我。我闭上眼的那一刻，我带走了属于我的整个世界，这样，我的天空、我的大地、我的风、我的日、我的云、我的书、我的字，就都不用孤单了。当然，我也不孤单了。

一天晚上，雪花轻柔地飘落，事情终于发生了。鸭子不再呼吸，把身子挺得长长的，长长的黄嘴巴竖直地冲着天空，两只小黄脚丫并在一起，眼睛闭起，像一弯上弦月。它死了。死神抚平了鸭子被风吹乱的羽毛，将它托在双臂上，来到了一条大河边。鸭子的脖子在他温柔的臂弯里柔软地垂下来。死神把鸭子小心翼翼地放进水中，然后轻轻一推，送它上路。鸭子在水里，就像在它自己的眠床上——水本来就是它的眠床。它两翅并拢，长嘴向天，两只铲子一样的小脚乖乖地并在一起，眼睛美美地弯成上弦月，顺水流去。它的胸前，放着那枝玫瑰。

死神一直在陪伴，在等待，等待用玫瑰温柔地送行。

这本德国沃尔夫·埃布鲁赫画的绘本《当鸭子遇见死神》（新蕾出版社），笔触不算漂亮，造型也不空灵，颜色土土黄黄，一点也不粉嫩，可是实在、踏实，好像人们常吃的面包。看了他的绘本，就觉得死神就应当是这个样子的。干吗非得拿着长长的弯柄镰刀穷凶极恶地收割生命呢？要不然就像美国电影《死神来了》那样，对生命穷追不舍？死亡就是一个温柔的骷髅头，消解了时光的丰肥秾艳，穿一身家常的睡袍，毫不起眼地随在我们左右，直到生命尽头。当我们死去，他会惆怅，然后放一枝玫瑰在我们的胸前，送我们安详上路，启程到另一端。

一个女友的母亲得了不好的病，她把母亲送到医院，然后看见炼狱般的景象。求医者不分老少，脸上满满地写着痛苦、恐惧、麻木和绝望。一个老和尚被几个小和尚服侍着，也来问诊。女友说，和尚不是看透生死的吗？为什么也如此执着？可是生与死，哪能看得那么透彻，可怕的死亡在即，谁又能不那么执着？

大概没人会相信，一个四十多岁的中年女人，看惯了也习惯了世界和自己的铁石心肠，当看到鸭子胸前的玫瑰，大哭了一场。

蓦抬头月上东山

旭　辉

　　去吃饭，天南海北的人围坐一圈，我说仰慕你，你说崇拜他，他又说对我久闻大名。实在是说仰慕的未必仰慕，说崇拜的未必崇拜，说久闻大名的，也不过刚刚在一分钟前才听说洒家的名字。人说话如鱼吐珠，百分之二十是珍珠就算不错，百分之八十以上是塑料珠子——人人都被附赠上假珠子串就的假冠冕，顶着它正襟危坐。一个朋友把人人都能应候周到，有朋自远方来，说今天下午就得回去，他马上扼腕叹息："你嫂子知道你来了，还在家里等你哩！你就不能明天上午再走？"此人深感过意不去："这样啊，那我就明天早上再走吧，今天下午我去拜访嫂子。"——可怜的远方来客，他根本不知道什么叫"让让是个理，锅里没煮着米"。朋友脸色一黑，我暗叫有趣，不动声色地欣赏这件事怎么了个局。结果他够厉害，弯转得特别快："这个……别，既然你时间这么紧，咱也不差这一天半天，以后有的是机会……"这个兄台真做到了虚伪和真实勾肩搭背，彼此水乳不分的境界。

　　回到家里，有人喝得醉醺醺，深夜来电，宣称要自杀，因为这个世界太污浊，太黑暗。细问才知是有人在论坛上骂了他两句。真是，狂狷是假的，连自杀情怀都是虚拟。

树是真的，花是真的，天空是真的，脚下踩的路也是真的，可是，我们游在其中的这个用语言、面貌、肢体动作、思想行为装点支撑起来的世界，又有多少是真的？

有的人假而自知其假，有的人假而不觉其假，假气入了骨髓。有的假泯灭个体性特征，想方设法融入一个大的环境，像变色龙从森林走到沙漠，就要把绿皮换成黄皮，无故地郑重其事。有的假想方设法突出个体性特征，在森林里偏要披一身黄皮，在沙漠里偏要披一身绿皮，还是无故地郑重其事。我假模假式周旋在人间的舞台，平时形态萎瘪瘪，要出面登台，也会衣裳换了一身又一身。平生最怕写书评，明明不"内心汹涌"，偏偏要写"内心汹涌"，明明不"高屋建瓴"，偏偏要写"高屋建瓴"，明明不太好，偏要下"好极"两个字的评语。将来白纸落下的黑字，就成了自己拍马屁、没眼光、庸俗化的铁证。

余世存说："我们的人格力量被侮辱损害到一个难堪的地步，以至于没有人愿意呈现他的精神状态，没有人愿意发挥他的人格力量。没有了精神的自由空间，我们就只能向外求得一点儿可怜的生存平台，但我们却把这一点平台，这个小小的螺丝壳，当作极大的平台，做成了极大的道场。"虚假的东西就这样像水银泻地，渗进每个人的每一丝骨头缝。真实在哪里？真实不在官场上言不由衷的话里，不在酒桌上虚假的拉帮结派里，不在两个人相对的时候，含情脉脉的眼神里，甚至也不在佛家的言语里。《碧岩录》的作者圜悟克勤殚精竭虑，写作此书，风行一时，他本人也十分得意。可是他的老师却轻叹一句："你什么时候能像平常人那样说话，就好了。"

夜来不睡，给灵魂剥皮。剥去一层，发现自己渴望农村幽居；再剥去一层，又产生怀疑：难道真的能在没电没水没网络没手机的日子里坚持下去？剥去一层，发现与锦绣繁华相比，更喜欢现在淡然宁静的日子；再剥去一层，又产生怀疑：难道不是因为吃不到葡萄，所以才效仿那只自我安慰的狐狸？剥去一层，发现自己羡慕古代的贤人高士；再剥去一层，又产生怀疑：自己真能做到一箪食，一瓢饮，人不改其忧，我不改其乐？

种种看似真的东西，原来只是一层层的假皮，剥到最后，难道我不是庸俗、胆小、自私、虚荣、势利？那，什么都不要了，只说想说的话，只做想做的事，只和想打交道的人打交道，不想理的人和事一概不理，从"共同世界"走向"个人世界"好不好？可怜我又没这个胆子，也没有能力从这种强大的共同磁场里突围。所以只好一方面用油墨粉彩给自己色彩斑斓地"画皮"，一边灵魂替外壳羞愧。

一粒芥菜子的精神危机。

下班回家，渐走渐黑，西边天上有一颗星，我遥遥地看着它，一下子觉得很羞愧。"月亮走，我也走"其实是极端自恋的表达，我看着星星是不假，星星才顾不上看我，它想看也看不见。整个世界在它眼里恐怕还不及一个火柴盒子大，虽然它在我的眼里像一粒萤火虫那么小。

联合国的主席也这么小，比尔·盖茨也这么小，小到简直没必要弄得自己的生活事理纷繁。《天堂口》里的舒淇，在上海的纸醉金迷里生活够久，逃难到乡下，换上家常衣裳，躺在床上，说了一句话："其实生活可以很简单的。"清水解渴，白米饭挡饿，粗布衣裳保暖，闲下来读读《追忆似水流年》。所谓的"真"，大约就是抛弃掉人为订立的道德教义，不故意为善，不故意为恶，知道自己的心在哪里，一路投奔过去。郑板桥作道情诗："老渔翁，一钓竿，靠山崖，傍水湾，扁舟来往无牵绊。沙鸥点点清波远，荻港萧萧白昼寒，高歌一曲斜阳晚。一霎时波摇金影，蓦抬头月上东山。"

几时功夫下够，许真就是蓦抬头，月上东山。

胭脂不老

许冬林

　　舞蹈家陈爱莲一定就是一个胭脂一样的女子。她66岁，还跳舞，不是大婶大妈们跳的广场舞啊，是舞剧《红楼梦》。在空旷清美的舞台上，她身着桃红短袖上衣，下着飘逸的湖蓝裙子，在舞台上翩翩如蝶，如早春微风里的花开。近古稀之年，一投足，一转身，还是那么轻盈、流畅，灵气十足。

　　舒缓的音乐声里，她永远是十五六岁的林黛玉。娇娇怯怯，柔柔的、忧伤的。

　　全中国难道就找不到一个年轻的林黛玉吗，让一个古稀之年的女子还跳林黛玉？有人说她是舞霸。她解释：林黛玉有四组，其中有一组是她的女儿，还有的，是她亲手培养的弟子。可是，在演《黛玉焚稿》那一场，人家指定就要她，非她陈爱莲不可。是比过赛的，不是她霸着。有些内在的东西，绵软深长的东西，是要靠岁月馈赠的，年轻也有年轻不能抵达的遗憾。

　　记得在一个访谈里，主持人请来了陈爱莲，还请来她老公和两个女儿。我特意跑到电视机跟前凑近看，看陈爱莲和她女儿，到底谁更适合演林黛玉。

真是惊叹，一个女人，到了这样的年龄，举手投足间，一颦一笑间，依然可见一种轻盈和疏朗，一种明媚和清气。她是林黛玉啊，永远的林黛玉。翩翩、袅袅，永远的一枝扬州的早春柳。难怪她女儿说，家里三个女人中，最小的是妈妈。

　　是啊，岁月沉沉，她一颗黛玉一样的初心，不老，不染。是十六岁的胭脂。

　　在网上读到一句她说的话："我决不会宣布退出舞台。不演林黛玉，还可以演王熙凤，可以演贾母，同样可以进行艺术创造。"

　　真是亮烈。也真是欣赏，真是佩服。

　　人生，活就活个亮烈，活就活个惊心耀目的艳。不遮遮掩掩，不欲说还休。因为，人生那么短。

　　你瞧，山坡上的桃花呀，都开疯了。你瞧瞧！因为，春天，也那么短。李宇春唱，再不疯狂我们就老了……就老了。

　　但是，真要活到这样的亮，这样的艳，这样的突兀，太难。世俗庸常里，太容易被淹没，太容易灰暗，太容易，眨眼就老。

　　一个女友说，女人到了一定年龄，还用胭脂，真是大花脸一样可笑。

　　我一听，又是羞赧，又觉得凄凉。

　　我一直都在用胭脂啊。我的胭脂还在面颊上熊熊燃烧啊，难道，也可笑吗？

　　女人活到后来，就只能成为一个笑话吗？

从此，我就该立地成佛，寂然告别我的胭脂了吗？

也许是怕，再不用胭脂了。可是，心有不甘。

觉得每一个早晨都好荒凉。因为起来后，只有上班，没有胭脂。

出差时像做贼，会带胭脂。但是，躲在卫生间里，每每打开盒子，又怅怅合上。久不用了，情意就疏淡。

如旧恋重逢，相对寞然无语。其实，心底还是爱的，还是亲的，可是，已经口拙手生，时间茫茫，不知道从哪里拾起话题。

还是喜欢买。买胭脂，贼心不死，虎视那些寂寞的光阴。

只是虎视，只是怀着幽凉的野心，迟迟不敢下手。

汉武帝派霍去病征讨匈奴，匈奴大败，退守焉支山，苍凉吟唱：失我祁连山，使我六畜不蕃息；失我焉支山，使我妇女无颜色。焉支山又叫胭脂山，据说山中生长一种花草，它的汁液红似胭脂，女人们揉取汁液用来妆饰自己容颜。

想象当年，曾经那么骁勇善战的一个民族，也退守在塞北苦寒里，为胭脂而黯然叹息。就觉得，那小小的胭脂里，也自有一股长风浩荡的气息。

不甘心。也是不甘心。

我拨弄着我的百宝箱里那一盒盒胭脂，轻轻问自己：真的不用了吗？是真的永弃了吗？永不再见？

不！

我还爱。我还要。我还不服老、不死心，不打算鸣金收兵。

我的岁月，以及我的心，都还未成余烬。我只是暂时冷却，还等待再次燃烧。

　　我的寂寞是有毒的。我是未充分燃烧的氧气，只是暂时做了寂寞的一氧化碳，还可以被点燃，还可以发光发热。那时，蓝色的火焰颤抖着跳舞、神秘、热烈……

微　淡

许冬林

有些花，颜色会越开越淡。

宅前的红蔷薇，开在春暮的晚风里，一洗铅华，似乎有了隐者之心。微淡微淡的淡红花瓣，薄薄地颤。

清秋的月亮，从东边的篱笆上升起来，在弧形的天顶上踽踽独步，遥望大地，到晨晓，月色也是微淡的了。彼时，露水濡湿篱笆上朝颜花的叶和花蕾，也濡湿了瓦檐和瓦檐下的蛛网。月亮的那一点黄，那一点红，都化作露水洒给了大地万物。它自己，微淡微淡的影子，隐没在西天尽头的朝云里。

有些日子，也会越过越淡。

从前迷恋红妆。化妆包里，胭脂和口红断然少不了，喜欢自己的一张脸是千里莺啼绿映红的繁丽与生动。现在，喜欢素颜，喜欢素色，喜欢自己是晚明烟雨里的一篱淡菊。绯红，桃红，橘红，曙红……那么多深深浅浅的红色，我只隔篱看花一般地瞟一眼，不再流连，不再恋恋放不下。

回想从前热爱舞蹈的日子，买过那么多耀眼的演出服，珠片叮当，美得像要去涅槃……如今网上购物，买件演出服比上菜市场买大白菜还要容易，可是，我已经不买了。

如今，喜欢麻，喜欢棉，喜欢板色没有款式的大衣在身上晃荡。秋日艳阳，穿一件茶褐色的苎麻风衣，穿过小半个中国，穿得人像个出土的哑蝉，衣不惊人，独享清风不语。

一直以为，写作是一件浓情的事。在寂静的深夜，在键盘上敲，每一个字都像是自己的情人知己，背负着炽烈疼痛的相思。现在，一颗心写薄了，薄得迎光一照可见血丝。

薄得只愿意阅读。在深冬，拥衾抱卷，听时钟滴答滴答，觉得自己像一个还未解人世风情的蚕蛹，在不分雌雄地生长着。

还记得，从前一味沉溺于书写表达的畅快，倒不大喜欢阅读。那时曾有一编辑善意提醒我：要留时间来阅读，还要留时间给自己冥想，不要总是写。

怎么可能总是写呢！写着写着，写的心就淡了。像一朵睡莲，从早晨开到黄昏，夕阳在山的时候，我会收拢花瓣，不再吐露心香。

情怀和心境，到最后，都会微微淡下去吧。

读明末文人张岱的《湖心亭看雪》，那就是一幅墨色微淡的水墨啊。

"雾凇沆砀，天与云与山与水，上下一白。湖上影子，惟长堤一痕、湖心亭一点、与余舟一芥、舟中人两三粒而已。"

冬日寒山，应是黛色，是浓墨里加了一点点青，冷峭瘦硬，突兀在天地之间，突兀在宣纸上，突兀在国破山河在的文人的内心。现在，大雪之下，一切微淡。山与天和水，都笼在一片茫茫无际的白色里，慢慢隐藏起自己格格不入的色调。包括长堤和旧亭，都是淡色了。家国恨也好，别离悲也罢，都笼进了苍茫如雪的往事里。

这是一幅淡墨绘就的澄澈清冷的世界，掺不进一点人间的是非与情感。因为内心清远，所以放眼看，江山辽阔。

住在西湖边的那一拨明末文人，就这样一日日将墨浓如铁的旧恨写成了空灵无染的淡墨小品。心意淡，笔墨淡，将自己放逐于淡墨一样的云水之间，冷也逍遥，孤也自在。

所有的颜色，所有的喜好，所有的情怀，太浓了，都是囚禁。所以，只能是选择转身，微淡下去吧。微淡，或许是条生路。

黄昏过长桥，远远看见旧时人。我假装不知，低头看湖水，湖水里颤动一缕孑然行走的淡影。啊……她没有抹胭脂。

爱之养与痒

安 宁

报载，青岛一女子，在路边发现一受伤白鸽，遂带回家中，悉心调养，待其康复如初，女子便准备放生。不想，却是再也放不掉了。白鸽不仅原路寻回家门，而且此后与女子左右相随。甚至女子上班、散步、打车、逛街、办事，白鸽皆安静站在其肩头，既不扰乱，也不离弃。这段人与鸽的奇缘，被好事记者拍下，发于报端，竟是引来喝彩一片，皆说，此鸽真真是通了人性呢。

但记者只重了鸽恋上人的结果，独独忘了报道，这女子在此鸽受伤之时，究竟如何在外人的漠视里，温柔地将其捧回家去；又花费了多少气力，为其包扎伤口，喂水吃药，安置窝巢；而到完全康复，为博其信任，女子又耗去了多少爱与时间。这些，皆被记者隐去了没有报道。读者只知，鸽如此依恋一个人，是世间奇事，但奇事之后，却不再深究。其实天下所谓奇事，皆有根源，女子的付出，如若深探，断不会低于鸽的眷恋。作用力总是等于反作用力，爱的付出与回报，大抵也是如此。爱没有奇迹，之所以称奇，只是世人未绕到爱的背后，看其究竟。

闲日去买紫砂的茶壶，逐一看过去，被造型和材质弄到眼花，竟是不知该选哪个。小姐便笑，其实紫砂壶重要的不是选择，而是如何去养。一盏壶犹如一个人，只要在起初，你能够用好茶，精心去泡，让其充分吸纳茶的清香和精髓，直至最后从内到外，都浸润好茶的芬芳，那么，两年之后，即便你日日放一般的茶叶，也能喝到上品茶的味道。反之，如若不善饲弄，则会坏了你其后的品茶之日。

但小姐没有说明，这两年的时间，究竟要付出多少的气力，来养这盏壶，方能在以后长长的午后，品到上等茶的甘甜。这每一缕味道，怕是要花费十分的细心来养的。一个"养"字，只从构字法上，就可知道，需要人勇闯三关，方能达其畅通无阻的境界。

而一块玉，一枚银饰，亦是如此。玉佩戴时日长久，会吸纳人的温度，通达经脉，更现其温润澄碧之色；而那精心爱护的人，也会得其精华，颐养肌肤。在玉，此处之"养"，常称为"盘"，盘玉即人用手指反复抚摸，如此，一块活玉便会绽放最美丽的光华。银饰可称最为费时的饰品，每日洗澡，皆要取下放好，而且还需时常清洗，以防氧化。但人的汗液，却能养它，让其渐次呈现迷人色泽。

玉与银饰，和人相比，本是没有生命之物，但若是给其体温，悉心调养，竟是通灵似的，用最晶莹的光芒，回报人的关爱。

人与自然之物，即是这样奇妙的关系，一分田，一株花，一棵树，一只鸟，甚至一段爱情，大抵都离不开一个"养"字。

田的肥沃，花的妖娆，树的茂盛，鸟的精灵，爱情的相依相偎，是回报给"养"的果实。所谓有因才有果，当报纸报道诸种奇事，譬如人死宠物自杀，鸟儿于险境中解救主人，花儿在抚摸之后奇异返生，其实都是在此之前，有漫长的养之路，不过就是人只看奇异转折后的结果，未追根溯源，查其根本。

　　一份爱，养得好，自有奇迹，养不好，便也只剩了痒，各自丢弃，再不想念。

无法治愈的孤独

安 宁

是秋天的傍晚，很凉，在阳台的灯光下坐着看书，突然便传来一声小孩子撕心裂肺般的哭喊，反反复复地，只有一句话，说：妈妈不要我了！妈妈不要我了！

防盗门砰地一下关上，对面的楼道里，便有冰冷的高跟鞋的声音，咔咔地朝半空里去。那样的无情，只有在俗世之中，变得粗糙冷硬的一颗心，才会生出。那个绝望的小孩，依然在风里哭喊，可是，却没有人回应他的孤单。小区里的人，只当是一个孩子任性，顽劣，觉得这样的冷淡，不过是对他的惩戒，所以便不足为奇，看他一眼，便从他的身旁，凉风一样经过。

我知道小孩子的哭声，终究会在无人理睬中，渐渐消散下去，犹如一缕青烟，消散在静寂无声的暮色里。所以我也无须从窗口探出头去，看他怎样自己擦干了眼泪，在防盗门旁，犹豫良久，终于还是抬起手来，按下自家的门铃。

这是无路可走的孩子，唯一可去的地方。或许家中有父母的呵斥，责骂，或许单亲的母亲会拿他撒气，或许饭桌上只剩下残羹冷炙，可是他无钱可以流浪，除了回归，隐匿内心深处的孤独，别无他法。

又想起另外一个小孩，跟母亲并肩行走时，不知是因了一句什么话，发生争吵。做母亲的，愤怒之下，便破口大骂了他。他在众目睽睽中，没有争执，也没有放声大哭，而是突然停止了走路，无声无息地蹲下身去。昏黄的路灯下，我看不见他的脸，不知道他是否有眼泪滑落下来。但我猜测，他是没有泪的。他的心里，一片冷寂悲伤，犹如苍茫大雪中，一只寻不到方向的飞鸟，找不到温暖的家园。甚至，连一株可以憩息的枯枝也没有。我走得很远了，还看到那个孩子蹲踞在水泥地上，孤独成一团黑色的影子。就像很多年前，因为被父亲责打，逃出家门，在荒野的草丛中，站到露水打湿鞋子的我。

成人常常以为，不会有衣食忧惧的孩子，内心最为单纯快乐，所以孤单、绝望、无助、惶恐这样的词汇，与他们毫不相干；不过是三句哄骗，两粒糖果，便可以将他们收买，重绽欢颜。可是，却无人能够懂得，当他们被成人冷落，打骂，甚至赶出家门之时，心内铺天盖地的忧伤，几乎可以将弱小到无力对抗世界的他们，彻底地淹没。

成人可以用金钱、物欲、情爱来填补袭卷而来的孤独，可是那些哭泣的小孩，却只能任由孤独裹挟着，犹如一艘在大浪之中，颠簸向前的小舟。只有心灵始终纯净不曾沾染尘埃的成人，方能在他们犹如小猫小狗一样无助的眼神里，读出他们内心的惶恐。

行走在人际疏离的城市之中，很少会遇到儿时在乡村里，大人当众责打孩子，被一群乡邻阻拦的热闹。更多的时候，这样的责打，改在了隐秘的家中，不相往来的邻居，或者对面高楼上的陌客，只能透过窗户，听一听那个被家人孤立的小孩，嘤嘤的哭泣，或者绝望的哭喊。

世界上最深的孤独，藏在一只流浪狗血流不止的伤口里，一头失去孩子的骆驼的凝视之中，一只被猎人捕获的野狼的惊惧里。还有，一个在城市里走失的孩子的惶恐中。

这样的孤独，隐匿在弱小的生命之中，除了时光给予它用来自我护佑的粗粝外壳，无人可以拯救，亦无药可以治愈。

过这样一种生活

闫荣霞

不因为那错待了你的人往左看，你就往右看，也不因那你崇敬的人往左看，你就往左看，那都是不公平的。按人和事的本来面目去看待人和事。

既然活不了一千年，就不像将要活一千年那样行动；即使能活一百年，也只像能活一年那样行动。

沿着正直的道路前进，不环顾别人的歧途曲径，避免烦恼倍生。

不害怕死亡，不贪图赞誉，因为死亡会毫不掺假地降临，赞誉却有时会不分青红皂白。生前事和身后名，哪个更重要？

与宇宙和世界和谐的东西，也要与我和谐，与宇宙和世界恰如其时的事，于我也是恰如其时。我闻花香，像花一样盛开，吃果子，像成熟的果实一样发出香气，我也是自然的一枚果实。

只做必要的事情，必要的事情总是很少，做完之后可以有足够的时间沉思。

有人对你行恶，有什么事在你的身上发生，那必是千百年来宇宙和世界专为你织就的一件因果衣，代表着冥冥中存在的秩序。

从自身汲取力量和精神，不依靠他人。

不成为任何人的暴君，不成为任何人的奴隶。

人们代代婚育、生病、死亡、交战、饮宴、贸易、耕种、奉承、自大、多疑、阴谋、诅咒、抱怨、恋爱、聚财、欲求王者的权力，然后代代不复存在。日光之下并无新事，所以不过分关注小事。

既已不久人世，努力朴素单纯。

你不是身体，你是一个带着躯体的小小灵魂。

做悬崖边的石头，被大浪击打，到最后，却驯服了狂暴的海浪。

盘点过去，看你忍受过多少困难，见过多少美丽的事物，蔑视过多少快乐和痛苦，对多少心肠不好的庸人表示过和善，然后走正确的路，正确地思考和行动，在幸福的平静流动中度过一生。

以保有安妥无恙的灵魂为最大幸运。

报复伤害你的人，不是变成像他那样作恶的人，而是不变成像他那样作恶的人。

尽量无视环境，不断回到自身，和不好的环境也能达到较大的和谐。

体重和生命的长度都是分派好的，所以不企图改变命定的份额，不增肥，不减重，不因为想长寿而做很大的努力，吃很多的药。

不随便发表意见，因为你并不会确切了解事物的前因后果，轻易之间，也许就会盲目定一个人的罪，同时扰乱自己的灵魂。

不因未来的事困扰现在的你，假如它必然发生，那就无法阻挡，假如它未必发生，就是杞人忧天。

不横眉立目，不蹙眉苦愁，因为这样的神态都是不自然的，会丧失天然的美丽清秀。

不加入别人的哭泣，不要有太强烈的感情，要具备强大的理智和清醒。

眼里有星球运动，少些邻里纷争，眼里有缩微的世界，少些尘世的芜秽荒杂。眼光更高远，灵魂才更自由。

看人，看人们的聚集、军事、农业劳动、婚姻、谈判、生死、法庭的吵闹、不毛之地、各种野蛮民族、饮宴、哀恸、市场，努力让自己的眼光像上帝。

防止傲慢，超越快乐和痛苦，不热爱虚名，不为忘恩负义的人烦恼。如果有力量，就做当做的事；如果没有力量，就不责怪自己或者责怪别人。

对人说话恰当，不矫揉造作，言辞简明扼要。

果子坏了，扔掉它。脚上有刺，拔了它。不去问个不停：果子为什么坏掉？脚上为什么会有刺？

行动要敏捷，谈话要有条理，思想要有秩序，灵魂内部要和平，生活宁静而有余暇。

不去作恶，也不让别人的恶行影响自己。

不悲叹，不不满，不像一只猪被托上祭盘，挣扎和叫喊——喊了有用吗？

不相互蔑视，不相互奉承，不一方面希望自己高于别人，另一方面又匍匐在别人面前。

不对的，不做，不真的，不谈。

今夜，请让我们仰望明月

那是一个仲夏之夜，去南方旅行的路上，竟然碰上了百年难遇的列车故障，乘客们被抛在了前不着村、后不着店的一片荒野之上，等待救援。

不知列车故障是否严重，不知几时才能被修好，受不了车厢里的闷热，我和同行的两位朋友随着很多乘客一起走下火车，想呼吸一下旷野夜空里清新的空气。忽然，写诗的朋友木子惊喜地喊了一声："月亮，好圆好圆的月亮。"

顺着他手指的方向，我们一群来自五湖四海的乘客纷纷仰起头来，望向空中悬着的那轮皎洁的月亮，望向那许许多多闪烁不已的星星。"举头望明月，低头思故乡。"有人情不自禁地起头朗诵，很快大家便接龙般地朗诵下来——"明月松间照，清泉石上流""明月几时有，把酒问青天""举杯邀明月，对影成三人"……你一句、我一句，大家很动情地朗诵着古往今来那些赞美明月的诗句，我的思绪，也在柔柔的月光里快乐地流淌起来。

蓦然惊觉，多年来霓虹灯闪耀的都市生活，自己整天忙忙碌碌，已经习惯了低头过柴米油盐的日子，许久不曾看看头顶的月亮了。而那一轮清月，一直就浮在空中，一天天的，无言地望着我脚步匆匆地奔波，不悲不喜，不即不离。

犹记得，小时候在乡村，为了省电不点灯，我们就趴在那间土坯房的窗台上，一脸虔诚地追望着夜空中缓缓移动的月亮，总想找到美丽的嫦娥和可爱的玉兔，找到在桂树下劳动的吴刚，找到那些瑰丽的传说描述的细节。当然，更多的时候，是望着或圆或缺的月亮，我总会自然地联想到有关月亮的诗文，常常追随着那些灵动的文字，一任悠悠遐思飞得很远很远，或忘我地陶醉，或痴痴地迷恋，或莫名的伤感，或疼痛地醒悟……

想起一位外国童话作家说过这样一段话：每一个童话作者，其实都是月亮的孩子，始终被一片澄净的美好簇拥着，甚至一块冰凉的石头，也会因为那温柔的抚摸，变得润泽起来。

我的祖母绝对是一个天才的童话大王，读书不多的她，居然会讲那么多优美的童话，她说大都是她的祖母在月光下讲给她的。见惯了尘世风雨的她，在我心情最糟糕的那段日子里，没有跟我说任何励志打气的"鸡汤"类的话，只是平静地告诉我——烦恼的时候，啥也别做，就抬头望望月亮吧，望望什么都不说，什么都明白的月亮。

我照着祖母的话去做了，居然如此神奇，一颗烦躁的心，刹那间便屏蔽了周遭的喧嚣，被满眼的柔美抚平了，那种神一般的宁静立刻大驾光临，仿佛接了摄魂的神谕，风烟俱净，心空即刻明朗起来，周身清爽无比。

"月亮是一剂好用的药"，这是与癌症抗争并大获全胜的大学同窗文轩的肺腑之言。

曾经，他是我们年级同学的骄傲，来自偏远乡村的他，学习和工作都一直异常努力，刚过四十岁，便开始执掌一家大型跨国公司，天南海北地飞来飞去，谈笑间，便将一份宏大的事业做得风生水起。

然而，有一天，医生的断言猝然响起：脑癌晚期，肺部癌细胞已经转移，估计他的生命最多能维持半年。

晴天霹雳，骤然将他砸懵。肺部肿瘤切除了，脑部的医生也束手无策。他极不心甘地质问苍天——为何如此待他？

种了一辈子庄稼的父亲，打来电话："回乡下来吧，看看山里的月亮。"

平素寡言少语的父亲，帮他选了一栋山间小屋，屋前种花，屋后栽树，白天听鸟鸣，晚上赏星空。父亲还讨了民间土方，与他一道在山里搜寻各类植物，自配草药。不时地，还领着他穿溪跃涧，去采集山中果蔬，去饮清冽的山泉水。

最惬意的时光，是他躺在院子里的吊床上，仰望头顶的一轮明月，牛乳一样的月光撒在身上，心静如止水。

难以置信的奇迹降临——山居一年后，他去医院复诊，脑部肿瘤竟不翼而飞，医生说他已不在癌症患者行列。

不少同窗见到和死神擦肩而过的他，听闻他近乎传奇的抗癌经历，在感慨"好人好命"之余，总忍不住好奇地要去他的山上"月光小屋"坐一坐，与他一道一边品月光，一边品人生。

其实，我们每个人的心里，都特别渴望一片皎洁的月光，只是城市里越来越高的楼宇，街路上越来越亮的灯饰，早已遮挡住了我们仰望的目光。我们似乎已经习惯了埋头赶路，一时忘却了急急赶路所要追求的幸福，从古悬到今的月亮就能够给予，我们只需仰起头来，看看不该淡忘的月亮。

如此，说好了，就在今夜，请让我们迈进一方空阔，看看头顶的月亮。

寻找心灵的富足

崔修建

　　他出身于贵族家庭，不仅从小衣食无忧，还接受了优质教育。大学毕业后，他便在父辈的帮助下，进入证券领域，获得令人羡慕的发展机遇。而他，也凭借着聪慧和努力，很快便为自己赢得了大笔财富，过上了上流社会人士才能享受的舒适无比的富足生活。

　　然而，他很快就对那近乎奢华的生活，产生了一种难以言说的迷茫。独自时，他会悄然地问自己：生命的意义究竟是什么？灵魂的高处在哪里？

　　他找不到答案，将自己的困惑说与身边的朋友，朋友认为他身在幸福中还问那些虚无的问题，简直不可理喻。于是，面对喧嚷的现实和世人忙碌的人影，他内心里有了一份挥之不去的刻骨铭心的孤独。

　　35岁那年的一个秋日，他在巴黎的香榭丽舍大街一角，碰见一位埋头拉小提琴的年轻人。那年轻人面色红润，穿着干净的廉价布衣，坐在一个石墩上，微闭着眼睛，指法娴熟地拉着一支古典乐曲，那副陶醉的样子，似乎早已忘了时光的流走，只有那些美丽的音符在身边飘荡。

他不禁驻足，跟着年轻人进入到一个屏蔽了尘世嘈杂的清幽世界。冥冥中，他仿佛听到了传说中的天籁之音，那般自然而真切。就在那一刻，他想到了搁置在童年里的画笔，还有那些不知散落在哪里的颜料。一声热切的轻唤，让他的内心陡然一片澄明。

很快，他便做出一个让全家人竭力反对的决定——离开证券公司，去巴黎学习绘画。威严的父母，温婉、贤淑的妻子和一双优秀的儿女，软硬兼施，都未能改变他的固执。他甚至不惜与整个家庭决裂，只留下一张纸条，上面淡淡的五个字——"我不回来了"。然后，带着很少的一点钱，只身前往巴黎。

他租住在肮脏廉价的旅馆里，吃最粗鄙的食物，买最便宜的颜料，从最基本的绘画技巧学起。有时，他会一个人呆呆地坐在塞纳河边，目光盯着那缓缓的流水，思绪悠悠，一坐就是一整天；有时，他会躺在树林深处的那些石碑前，聆听金黄的树叶静静地飘落；有时，他会仰望满天的星光，不知不觉地泪流满面……

40岁时，身无分文的他，在朋友的帮助下，登上了一条开往南太平洋群岛的货船。他先后辗转于布列塔尼、巴拿马和马提尼克之间，提着一支简单的画笔，过着飘忽不定的日子。直到他登上风光迷人、远离现代文明的塔希提岛，他才欣然地停留在那个心喜的世外桃源中。

在塔希提岛上，他继续不停地追问：我们从哪里来？我们是谁？我们往哪里去？这些寻常人们很少思考，却始终缠绕他的哲学问题，如此深邃难解，但洋溢在他画笔下的，却是众多恣意汪洋的原始生命，他匪夷所思的构图和颜料搭配，令人很难理解他的画作内涵。

尽管他在美丽的塔希提岛上，结交了多位土著女性，但是没有一个女子能够读懂他心中那巨大的孤寂与清醒。12年后，他怆然地来到西瓦瓦岛，于1903年孤独地死在那里。

直到很多年后，他的那些画作的价值和意义，才被世人所认识。他就是法国印象派的杰出代表——高更。作家毛姆最著名的小说《月亮与六便士》，就是以他的人生经历为素材写成的。

高更有过物质生活极为优裕的前半生，他却没有因此放弃对心灵的深入拷问。他远离世间的浮华，走进了孤独的思考与找寻中，在人们难以理解中，品味到了孤寂的富足。在他那幅著名的画作《我们从哪里来？我们是谁？我们往哪里去？》中，我们能够感受到他震颤的灵魂，已走到一个令人仰望的高度。许多人只看到了他的困苦与孤寂，却不知道他的心灵摆脱了物欲的束缚，自由飞翔一如塔希提岛上的鸟儿，那该是怎样一种旷世难寻的幸福？还有，他那穷尽生命的似乎永远没有答案的深邃思考，留给人们的又是何等宝贵的财富？

没错，高更35岁开始的人生转弯，告诉我们：无论你过着富裕的生活，还是过着清贫的日子，都千万不要忘记寻找心灵的富足。因为只有那样的找寻，你的生命才会得到不断的滋养，你的灵魂才能获得真正的自由，你的人生才能抵达高阔的境界……

美给自己看

崔修建

朋友带我一路翻山越岭，前往深山密林间，去寻找那位养蜂人，只为给远方的亲人买到最为纯正的蜂蜜。

路上，朋友告诉我，那位养蜂人很能干，也很能吃苦，每年他都要带着蜂箱，去很远的山林里，找到蜜源最丰富、最安全的地方，一个人驻扎下来，长时间地忍耐着孤独，直到收获了让人啧啧赞叹的蜂蜜，才会欣然地回到山下的小村，和家人幸福地团聚。

养蜂人的妻子身体一直不大好，他赚的钱，很多都换成了妻子的药费。他对妻子的种种好，熟悉他的人没有不翘大拇指的。前年，他的妻子病逝了，原本就有些不大爱说话的他，一下子变得更沉默了，人也苍老了许多。他有一个女儿，在南京读大学，听说学习挺好的。只有提起女儿，他的话语才会多一些，语气里也多了自豪。

在转过一个山窝窝时，一条清凌凌的小河，突然出现在面前。河水清澈见底，河中有巨大的白岩石和光滑的鹅卵石，石缝间有小鱼欢快地游着。我俯下身来，掬一捧河水送入口中，一股惬意的清凉直抵肺腑。真爽，我不由得又喝了几口。

蓦然抬头，前面不远处，一个穿红格衫的女孩，正蹲在河边的那块青石板上，蘸着河水，轻轻地揉洗着长长的秀发，绵软如絮的阳光，轻吻着白嫩的臂膊。她没有使用洗发香波，也没有用香皂，只选了从山中采来的天然皂角。那垂向河水的如瀑的黑发，与她柔曲的腰肢，以及身后那青翠的山林，构成了一幅天然的美图。

女孩直起身来，拿出一把木梳，以河水为镜，一下、一下，爱恋有加地兀自梳理着湿漉漉的秀发，像一只极为爱惜自己羽毛的孔雀。

真是一个爱美的女孩。我轻轻地赞叹道。她是美给自己看的，朋友一语道破。

是的，她一定是居住在幽深林间的某一个小屋，很少有人能够看到她的美，但那又何妨？她可以美给自己看啊。

继续往前走，眼前猛地冒出一大片开得正艳的芍药花，我和朋友都惊喜地喊叫起来。我们跑过去，欣喜地用手抚摸着，贪婪地嗅着花香，还拿出手机，不停地拍照，恨不得把那令人惊颤的美，全都收录下来。

可惜了，藏在这样的深山老林，很少有人能够看到它们的美丽。朋友有些惋惜道。

它们是美丽给自己看啊！我立刻联想到了刚才在河边洗发的那个女孩，想起了朋友的话。

对，它们的美丽是给自己看的。我和朋友恋恋不舍地走开了。

终于见到了那位养蜂人，他穿一件很干净的深色衬衫，头发整齐，胡须剃得干干净净。真是一个利索人，与我想象中的蓬头垢面、胡子拉碴的形象，实在是相去甚远。

距离那一大排蜂箱两百多米远，有他搭的帐篷，还有用枯树搭建的凉棚。他从凉棚底下，搬出一罐罐封好的蜂蜜，一一地介绍给我们，热情地让我们逐一品尝，果然都是上好的蜂蜜。他的要价也不高，比我预想的还要低一些。我有些眼花缭乱地选了好几种，多得朋友直笑我贪婪了，要背不动的。养蜂人送我一个大塑料桶，告诉我回去后马上把蜂蜜倒出来，换装成小罐，还叮嘱了我许多保存蜂蜜要注意的事项。

愉快的交流中，我发现，他的居所四周都做了精心的美化，碎石块砌成的排水沟，藏在幽密处的厕所，帐篷前居然还移栽了两大排野花，有幽兰、芍药、矢车菊、如意兰、扫帚梅，还有一些是我叫不出名字的。他的凉棚上缠绕的，则是一簇簇牵牛花和紫藤花。

我不禁赞叹他是一个热爱生活的人，独自在这来人稀少的地方，还把一切都安排得那样井井有条，那样让人看着舒畅。

他不好意思地笑笑，告诉我们：已经习惯了，一个养蜂人，走到哪里都是家，是家就要装扮得漂亮一些，没有人来看，就给自己看。

是美给自己看。我和朋友相视一笑，不约而同地总结道。

就算是吧，干净一些，利索一些，漂亮一些，自己看着心里也舒坦。养蜂人说着，把一个自己用桦树皮编织的精致的小花篮送给我，我道了谢，想起了朋友说过他喜欢看书，从背兜里掏出特意带来的自己写的书。看到我在书上签了名，他满脸自豪道，以后再有人来这里买蜂蜜，我就拿给他们看，告诉他们说，我有一个省城的作家朋友，也喜欢我的蜂蜜。

我笑着对他说，您的蜂蜜不用我的书打广告，看到您周围这一片美景，就能想象得到。

此行不虚，不仅买到了上好的蜂蜜，还有了惊喜的发现和由衷的感喟——无论身处何地，无论日子是否顺意，都应该像那些恣意绚烂的野芍药，像那个临河梳洗的少女，像那个把自己和帐篷里里外外都装饰得漂漂亮亮的养蜂人，即便没有人欣赏，也要尽情地美给自己看。

做人的底线

积雪草

那天晚上有些胃疼，吃了药好容易睡着，忽然被一阵刺耳的电话铃声惊醒，我抓起电话，没好气地问："谁啊？都这么晚了。"电话彼端响起一个怯怯的声音："有一件事情在我心中憋很久，想找个人说说，不然我睡不着觉。"我忍不住低声笑起来："先生，你真幽默，我这不是倾诉热线，再说现在是午夜两点，有没有搞错啊？"刚想挂掉电话，彼端的男人像长了千里眼一样，用近乎哀求的口吻说："只占用你十分钟的时间，麻烦你听听，那件事搁在心里，真的很难受。"

"半年前的一天中午，我沿着市场路回家，走到十字路口，红灯亮了起来，我停下脚步，下意识地伸手摸了一下口袋，这一摸不要紧，我的脑袋一下子大了，冷汗唰的一下冒出来，口袋里的5000块钱不见了。"

"这钱可是急等着救命的。我的女儿在加拿大留学，一年学费要二十万，我和妻子的工资都不高，加起来一年三万块左右，除了第一年，倾尽家里所有，还借了一点凑够给女儿的学费。女儿很争气，知道我们不容易，她一边上学，一边打工挣自己的学费，基本上没用我们操什么心。"

"可是前段时间，她打电话来，说生病了，住在医院里，没有打工，手里没有钱，连饭费都成了难题。她哽咽地说，希望我们能帮帮她，给她汇一点钱。一方面我心疼女儿生病没钱人生地不熟的境遇，另一方面我又痛恨自己的无能，因为我手里一分钱都没有。女儿走后这两年，我一直在忙着还饥荒。现在，又把好不容易弄到手的钱弄丢了。"

"我沮丧万分地沿着那条路往回走，见着人就问，有没有看到我丢的钱？路人都在摇头，就在我近乎绝望的时候，看见路边有一个年轻的女人，三十几岁的样子，手里拿着一个牛皮纸纸袋，脚边站着一个五六岁的小女孩。"

"我想告诉她那钱是我的，可是又怕她不相信，把事情搞砸了，所以没敢冒险，于是坐在离她们不远的长椅上，用一张旧报纸遮住脸，观察那母女俩的行动。"

"那天天很热，该死的知了一个劲地在树上叫，叫得人心烦，女人和小女孩一直坚守在太阳底下那个丢钱的地方，等着失主前来认领。女人隔一会儿就挥手抹一把额上的汗，路边有卖冰淇淋的摊子，有手里擎着冒凉气的冰淇淋的孩子从她们的身边经过，小女孩眼馋地吸吮了下嘴唇，仰着脸问妈妈：'给我买一支雪糕吧？'妈妈说：'不是跟你说过了吗，今天妈妈出门的时候因为着急，忘记带钱包了，改天再给你买。'"

"小女孩不甘心地盯着妈妈手里的牛皮纸袋，眼睛一眨不眨地说：'可是我们现在有钱了，那么多的钱，能买好多冰淇淋，给朵朵买一支冰淇淋就够了。'小女孩的口气由商量转为乞求。妈妈叹了一口气，蹲下身说：'朵朵乖，这钱不是我们的，不能花啊，一块钱也不行。'"

"我松了一口气，想来女人和小女孩不会太难为我，刚想过去认领，听见小女孩说：'妈妈，这钱留着给我治眼睛吧！妈妈不是说我的眼睛再做一次手术就能彻底看见星星了吗？'女人叹了口气，摇了摇头说：'等妈妈把钱攒够了，就带你去治眼睛。'"

"我这才注意地看了看小女孩，看不出任何的异常，如果不是偷听了她们母女的对话，我真的看不出来她是个盲童。"

"我急了，我真的害怕她们把这钱据为己有，我哗啦一下扔掉报纸，走过去，结结巴巴地说：'钱是我的，可以还给我吗？'女人笑着问我：'总共多少钱？有什么凭证？'我结结巴巴地说：'钱是5000块整，用牛皮纸袋裹着，牛皮纸的反面用油笔写着数目。'女人核对了一下牛皮纸反面的凭证，然后笑吟吟地把钱还给了我，叮嘱我，别再弄丢了，挣点钱都不容易。"

"我连连点头答应，把我的电话号码写在一张小纸条上留给她。问她的电话地址什么，她腼腆地笑，说：'谁拣到都会还给你的，这是做人的底线。'"

"女儿要钱，我急得抓耳挠腮，这两年除了还饥荒，根本没有多余的钱，那天去朋友那儿想借点钱，看到朋友的钱，随意地丢在客厅的茶几上，我想都没想就'拿'了一打揣进口袋里。朋友是生意人，为人豪爽，对钱没有概念，请人吃饭，一掏一大把，眉头都不皱一下，所以起了顺手牵羊的杂念。"

那个男人在电话里，反反复复地说着一句话："我是好人，你相信吗？"我说相信。他说："如果不是那天偷听到小女孩和她妈妈的对话，我仍然会心安理得，朋友的钱那么多，我只是'拿'来急用，又不是去挥霍。可是小女孩的妈妈说，做人要有底线，滚滚红尘中，我的底线哪去了呢？"

"当然，后来我悄悄地把那笔钱还回去了，可是这件事像一块巨石一样压在我的胸口，现在说出来，心里舒服了很多。"我却想，他舒服了，我却被这个转嫁过来的故事弄得再也睡不着。

年少时做过的傻事儿

积雪草

　　每个人都曾有过一段美丽的年少时光，不管在那段时光里曾经做过什么，比如调皮捣蛋，比如撒欢惹祸，比如离家出走，比如叛逆不羁等等，不管做过什么都不是蓄意而为，不管做过什么都是情之所至，因为年少的时光里，情怀如水，一派纯真。

　　彼年豆蔻，一群半大的孩子天天在街上疯跑，谁家院子里的樱桃被偷了，谁家后院的青杏被打落一地，谁家小狗狗的腿瘸了，高高的大槐树上的鸦雀窝被捅掉了，一定都是我们这群半大孩子干的事儿。

　　阳光灿烂的日子里，我们捕过蝉，捉过蜻蜓，围追堵截过小蚂蚁，掐过人家花盆里盛开的花儿，甚至挑衅过人家拴在院子里的大狼狗。我们想方设法干一些在大人看来匪夷所思的事情，甚至是不屑一顾的事情。

　　我们这个队伍很大，有七八个人之多，个个都跟花脸狼似的，聚在一起嘀嘀咕咕，商量着干点什么不同凡响的"坏事儿"。有一段时间，左小年和左小莲兄妹俩渐渐从我们的队伍里游离出去，他俩不再跟在我们的屁股后面疯跑，不管我们干什么，他俩都是淡淡的样子，这种状态让我很好奇，有时候跑着跑着，一回头，就会发现他俩坐在花坛边上交头接耳，似乎在商量什么事情。

说起左小年和左小莲，他们的情况很复杂。左小年和左小莲是同父异母的兄妹俩，左小年的爸爸和妈妈离婚后，左小年的爸爸又娶了左小莲的妈妈，左小莲的妈妈前两年去逝了，左小年的爸爸最近正张罗着给他们找后妈，所以左小年和左小莲都很烦恼，很纠结，所以我们的集体活动，他俩也没心情参加了。

这件事情让我们集体找到了一个新的兴奋点，大家都参与了左小年和左小莲联手阻止老爸找后妈的行动。

左小年和左小莲的老爸叫左大龙，是个幽默诙谐的男人，本来我们大家都对他印象非常好，可是他非要给左小年和左小莲找后妈，惹得他俩都非常不开心，我们有义务让他俩开心和快乐起来。

我们是从左大龙相亲开始下手的。

那天，公园里的人很多，荷花开得正艳，左大龙打扮的很帅，和一个叫梅琴的女子在荷塘边柳树下的凉亭里约会。

我们几个半大孩子躲在旁边的大树后面偷窥，看了半晌，左小年冲过去说："爸，我渴了，要买矿泉水。"左大龙说："不是让你在家温书吗？你怎么跑出来了？"左小年说："我跟你一起出来的，你忘了？"左小年把手伸到左大龙的面前，摆出不给钱就不走的姿势。左大龙摇了摇头，把钱拍在他的掌心里。

过了几分钟，左小莲也被大家推了出来，她冲到老爸的跟前，说："我腿疼，要回家。"左大龙叹了口气说："你到旁边歇会儿，等等我。"

大家在树后偷窥了半天，看左大龙并没有要回家的意思，七嘴八舌地议论开了，这后妈的威力也太大了，还没怎么样就不管自己的孩子了，这怎么行？

正在议论，不知是谁推了我一下，我一下子被推了出来，没办法，我只好硬着头皮走到凉亭里，对左大龙说："爸，老师让你去学校一趟。"左大龙推了推鼻梁上的眼镜说："谁是你爸啊？"我说："爸，你怎么能为了相亲，连自己的亲闺女都不认了？"左大龙那个气啊，鼻子都快被气歪了，他说："臭丫头片子，你别胡说八道，我不是你爸。"

那个叫梅琴的女人说："左大龙，你这人真不诚实，告诉我就两个孩子，现在又冒出一个，她若不是你的孩子会叫你爸？三个孩子也没什么了不起的，最可恨你这人掖着藏着，连你自己的亲闺女都不认，可见不是个心地善良之辈，还是趁早拜拜吧！"

那个叫梅琴的女人，打了一把绿色的绣花绸伞，头也不回地走了。

我们一大群孩子，欢天喜地地从树后窜出来，击掌庆祝首战告捷。左大龙唉声叹气，一屁股坐到长椅上，说："你们这群孩子，坏我好事儿，我都追她追半年了，被你们搅成一锅粥，你们满意了？"

多年后，想起这件事情，想起左大龙惆怅无语的样子，再也没有了当初的欣喜。当初以为自己是做了件好事儿，帮左小年和左小莲留住了他们的爸爸。可是多年后，事过境迁，想法也完全不同了，哪有这样帮人做好事儿的道理？除了摇头叹息，心中也会有一丝小小的遗憾。

年少的时光里，都曾做过傻事儿吧？当初觉得那么有道理的事情，彼年之后，居然会觉得那么可笑，这就是光阴的力量，这就是成长。

优平方

陈志宏

吉米·哈利（James Herriot）的正职是兽医，但蜚声英美世界的不是他的手艺，而是他的文字。

这个苏格兰乡村兽医工作之余，随心的涂鸦文字，被媒体誉为"足以让很多职业作家羞愧"！哈利的文字风趣，透着博爱，直抵人的心灵深处。英国BBC将他的自传体小说拍成电影和系列电视剧《万物生灵》（All creatures great and small），是他开启了"世界兽医文学"的先河。

吉米·哈利的作品引进中国，书名曾一度被翻译成——《一个英国乡村兽医的工作手记》，我翻读的时候已是《万物有灵且美》。优雅与否，一眼瞥见。优雅是哈利自然流淌出来的一种美，对自己诊治的小动物是这样，对待感情、实习生和工作伙伴等，亦如是。

优雅之人对优雅有本能的亲近感，所以，看到实习生卡默迪的第一眼，他就终生难忘。这小子是兽医公会推荐来的，推荐语很特别："他是一流的高材生，经常拿奖。由于家住伦敦，他一直希望能到乡间实习，所以，我们特别推荐给你，哈利先生。"按照惯例，他去德禄火车站接站，卡默迪身着上等质料的格子西装，戴呢帽，脚蹬一双闪闪发光的高尔夫鞋，手提一个猪皮皮箱，步态徐缓，神情淡然，气派得令人难以置信，优雅得让人肃然起敬。

如此优雅的实习生，哈利还是头回见到。

和所有实习生一样，卡默迪初来乍到，对乡村充满新奇。当天，他陪哈利出诊，下车去开农庄的大门，动作冷静、自然，像绅士般优雅。然而，一只不知哪来的小黑狗，悄悄溜到他脚下，在他屁股上轻咬了一口。这个优雅的才子，顿时慌了神，捧着屁股四处乱跳，比猴子还灵巧地爬上铁门躲避。任哈利怎么哄劝，他硬是不敢下来。

这是相当可乐的桥段。

下午再出诊的时候，卡默迪恢复了镇定和优雅，提出要动手操作，以获取具体的实践经验。哈利乐呵呵地分给他三个任务：为十周大的小猪崽打血清，给马灌药，替母猪抽血。卡默迪的动作生硬且不失夸张，但做事虔诚，敬业负责。做这三样，让农夫和哈利免费看了三场笑话，难能可贵的是，他终究还是做成了。

事成之后，这个优雅的小伙子，已让人无法辨认，身上被猪尿、药水和牛粪污染过，漂亮的衣服被染成一幅水彩画。在哈利看来，这是"伟大奉献的标记"。

实习生卡默迪和兽医哈利相处的两周，一直很融洽。他不像其他实习生那样叽叽喳喳地谈论农庄所见，除了出诊，大部分时间在显微镜前，展示一个学生的优雅风采。

一晃过了20年，哈利在一本杂志上见到卡默迪的大名。

原来，他以研究动物病理的论文，获得博士学位。此后，哈利经常能在报刊上看到卡默迪博士的论文和言论。

有次哈利参加宴会，坐在一长列桌子的末端，听贵宾卡默迪的演讲。他还是那么优雅，高而瘦的身子，散发着成功者的优秀气息。散会后，卡默迪走到哈利身边，说："哈利先生，对吗？"哈利说："是啊，真高兴又见到你。"两人双手紧握在一起，寒暄起来。卡默迪博士正要离去的时候，突然转过头来，对哈利说："下回又有母猪要抽血的时候，请尽管通知我。"

瞬间回到20多年前，两人会心一笑。

这是吉米·哈利在自传体小说《万物有灵且美》里记述的一个真实的人物故事。

优雅的实习，在农庄里与大禽小兽们打交道，那些家兽的尿粪涂抹在他身上，让他无法再优雅。在我看来，卡默迪在远离优雅之际，正是他接受优秀之时。优雅是优秀者的铺路石，优秀是优雅者的通天桥。所以，20年后，这个一惯优雅的小子，因为优秀，在演讲台上就更加优雅了。

英国有句广为流传的名言："勇敢地面对挫折，优雅地迎接成功。"不要因为困难会脏了衣、伤了心，会打消积极性，而不闻不问，要勇敢地面对挫折，不怕脏累，不惧心伤，永不言弃。唯其如此，方能优雅地迎接成功。对此，莎士比亚说的好："不要因为一次挫折就放弃你原来决心要达到的目标。"多年后，卡默迪博士仍记得那次给母猪抽血所遇的挫折与尴尬，念念不忘要去重温呢。这一细节，是当年这个优雅青年夺取的第一面优秀的旗帜。

当优雅遇上优秀，两两相激，犹如两数相乘，是为"优平方"。人生可以平淡，也可以绚烂，可以无所谓，也可以有所求，但如果有了不惧挫折的平和之心，自然会变得优雅起来，优雅之后的坚持与努力，是奇妙的导航仪，引领我们步入人生的"优平方"。

世界因我而美好一点

孙道荣

去探望一位生病的朋友。他自知生命不多，但他的脸上，没有绝望，也没有哀伤。我们在一起，回忆了很多愉快的时光。临别的时候，他笑着对我们说，他这一生，虽然短暂，没有过轰轰烈烈的壮举，但也没留下多少遗憾。来人世间走一遭，这个世界，因为有了他，而变得美好了一点点，他觉得很知足，很欣慰。

朋友的话，一直响在我的耳边。

是啊，我们大都是凡夫俗子，生活平平淡淡，一辈子也没有做过什么壮烈的事情，很平常，很平淡，甚至很平庸。但是，如果这个世界因为有了我们，而变得稍稍美好了一点，那我们就不算白来过，也就了无遗憾。

慈爱的父母，有没有因为有了我，而使你们多了一点安慰？从小到大，我让你们操够了心，年少时，因为调皮捣蛋，给你们惹了很多麻烦。及至长大成人，也没有让你们少费心，这些年，我的学习，我的工作，我的生活，无不让你们惦记，放心不下。像所有的孩子一样，在父母面前，我似乎总长不大。谢谢你们无怨无悔地养育了我，总是尽你们所能，呵护着我，而我对你们的恩情，却无以回报，甚至在你们需要我的时候，都不能侍奉在侧。身为人子，我一直心怀歉疚，忐忑难安。慈爱的爸爸妈妈，我不是一个特别孝顺的儿子，但如果因为有了我，而令你们有过一点安慰，带来一点快乐，在念到我的时候，内心能漾起一股温暖的慰藉，那么，我也就不枉为你们的孩子了。

对于我的妻子，我想说，你辛苦了。嫁给我这么多年，我未能为你带来荣华富贵，甚至都无力让你生活无忧，为了生计，你不得不和我一起打拼，操持家务，孝敬老人，抚养孩子。这几年，你的白发变多了，皱纹也开始爬上了曾经俊俏的脸盘，让人心疼不已。我知道自己不是一个成功的男人，也难算一个称职的丈夫，这让我羞愧不安。我所能做的，只是每天尽量早一点回家，帮你一把，和你唠唠嗑，陪你看一集你喜爱的电视剧。亲爱的妻子，如果因为有了我，而令你感受到一丝温情，觉得生活终归还是有一点盼头的，那么，我也就不枉为你的丈夫了。

我的儿子已经去外地读大学了。孩子，自从有了你，我们这个家，就充满了笑声，你给我们带来了无数的快乐。可是，作为父亲，我深知自己做得很不够。我对你要求太严格了，你小的时候，我责骂过你，狠狠地打过你，有时候是你做错了，有时候却只是你未能按照我的意愿。现在你长大了，独自一人在异地他乡求学，从此之后，你将独自面对生活中的一切，我恐怕难以再帮上你什么了。可爱的儿子，如果因为有了我，给过你自信、坚强和支持，让你提到我的时候，有一点自豪，那么，我也就不枉为你的父亲了。

朋友们给了我友谊，给了我温暖，也给了我力量，使我在人生最痛苦的时候，也没有失却生活的信心，没有迷失人生的方向。而我给予你们的，却少之又少。我没有权势，对朋友的困难，往往帮不上什么忙；我没有地位，不能让你们因为有了我这个朋友，而蓬荜生辉。但是，我挚爱的友人们，如果因为有了我，给大家带来过笑声，我的陪伴没有让你们生厌，那么，我也就不枉为你们的朋友了。

还有一起共事了这么多年的同事们。我们朝夕相处，携手工作，同甘共苦。我没有出众的能力，解决不了什么难题；也没有什么大志向，一生也没做出什么骄人的业绩；有时候，甚至还会出一点错，出一点纰漏，给大家带来麻烦。可是，我还算敬业，肯吃苦，不计较。敬爱的同事们，如果因为有了我，工作不单是养家糊口的手段，也不仅仅是枯燥的简单重复，而变成一个可以信赖、彼此尊重、其乐融融的环境，使你们在谈到我的时候，轻松地莞尔一笑，那么，我也就不枉为你们的同事了。

没错，我们都是普通人，平凡、琐碎，近乎微不足道，一辈子也没做出什么惊天动地的大事，我们很难改变世界。但是，这并不表示我们是可有可无的，你的价值，同样不可或缺。如果因为有了你，邻里和睦，老幼有序；如果因为有了你，开往远方的车厢里，充满了欢乐；如果因为有了你，陌生的路人，也礼让三分，会心一笑……在我看来，你就是在改变世界。

如果因为有了我，有了你，有了他，这个世界因而变得美好了一点，哪怕只是微乎其微的一点点，我们的心，亦堪慰藉。

一个人的美德
无关他人的态度

孙道荣

办公室内，大家为一件事激烈地争执。

事情的起因，是一位同事孩子的遭遇。同事的孩子还在读小学。暑假的一天，小家伙在去新华书店的路上，遇到了一个怀抱孩子的年轻女人。年轻女人先是问他路，怎么去火车站。小家伙热情地为她指点，从哪里坐哪路公交车，就可以直达了。问完了路，年轻女人又面露难色地对他说，自己是外乡人，来杭州旅游的，但是钱包被人偷了，能不能给她点坐公交的零钱？

同事的孩子听了年轻女人的故事，从口袋里掏出钱包，看了看，里面正好有几枚硬币。小家伙毫不犹豫地将硬币全部拿给了年轻女人。年轻女人连声称谢，夸他是个善良的孩子，眼睛盯着小家伙的钱包。小家伙的钱包里，还有几十元的纸钞，是妈妈刚刚给他，让他自己到新华书店去买书的。

小家伙准备将钱包放回裤兜里，忽然想起了什么，主动问年轻女人："阿姨，你的钱包被偷了，那你到了火车站，怎么买票回家呢？"

年轻女人一脸无奈的样子，说到了火车站再说吧。

小家伙迟疑了一下，再次打开钱包，将里面的纸钞也都拿了出来，递给女人说："阿姨，这是我准备去买书的钱，送给你吧。"

年轻女人显然没想到，孩子会主动把钱包里的钱，都拿出来给她。她犹犹疑疑地接过了小家伙递过来的钱。

同事的孩子似乎还是有点不放心，对她说："要是这钱不够买车票，我可以打电话让爸爸过来，我爸爸的单位就在附近。"

年轻女人一听，连连摆手："不用了，不用了。谢谢你啊，小朋友，你真是一个好孩子。"一边说，一边匆匆地抱着孩子离开了。

没钱去新华书店买书了，同事的孩子来到了爸爸的单位。他的爸爸，是我们的同事。

孩子简单地向爸爸讲述了事情的经过。爸爸耐心地听完了孩子的讲述，赞许地摸摸孩子的头，又拿出几十元，给了孩子，让他继续到新华书店去买书。孩子拿上钱，开心地去新华书店了。

孩子一走，办公室里就炸开了锅，激烈地探讨起来。

一位同事语气坚定地对孩子的爸爸说："你的孩子被骗了，那个怀抱孩子的年轻女人，经常在那一带行骗，假装钱包被偷，回不了家，向路人要钱。要的不多，就三五块钱，所以，不少人会上当。"另一位同事附和："没错，这是一个笨拙的骗术，晚报上还报道过。"

孩子被骗了，这一点大家基本意见一致。争论的焦点是，要不要告诉孩子真相?

一种观点是，必须告诉孩子真相，以免他下次再上当受骗。

另一种观点却是，不宜告诉孩子，否则，孩子的善心会受到严重伤害，而且，今后他就不会随意相信他人了。

各执一词，都挺有道理。

让我惊讶的是孩子爸爸的态度。他说，听完孩子的讲述，他就大致有了判断：孩子可能是遇到骗子了。但他没有对孩子说穿，原因很简单，那会挫伤孩子的善心。再说，也可能那个女人，真的是遇到了困难。他说，他这个孩子，身上最宝贵的，就是善良。从小，只要看到乞讨的人，无论是老人、残疾人、还是壮年，他都会停下来，将自己的零花钱拿出来给人家。他曾经试图告诉孩子，有的人是真的不能自食其力，靠乞讨为生，有的人却是因为好吃懒做，才流浪街头的，因此，要看具体情况才能决定，不然，你的爱心，可能就被人欺骗了，或者利用了。没想到，孩子歪着脑袋反问他："我怎么分得清呢？而且，我帮助他们，是因为我善良，与他是什么样的人，并没有什么关系啊。"

同事感慨地说，孩子给他上了一课。"善良是我的孩子的天性，我希望孩子保持这颗善心，成为他身上的一份美德。而一个人的美德，是出自于他真诚的内心，不需要回报，也无关他人的态度。"

同事的结论是，如果当时他在场，他也不会阻止孩子帮助那个女人。即使那个女人可能是个骗子。他说，确实有些人靠博取别人的同情心而行骗，但是，相对于孩子的善心来说，纵使有那么几次，帮助了不该帮助的人，损失了一点点金钱，但是，让孩子保持一颗善良之心，远比这点损失重要得多。

我赞同他的观点。美德是这样一种品质：我善良，不因为你不友善，我就不再善良；我尊重你，不因为你傲慢，我就不尊重你；我真诚，不因为你虚伪，我就不再真诚；我心怀美德，不因为你心存恶念，我就丧失美德之心。真正的美德，是发自内心的，没有附加条件的。

你未必明了自己的心意

孙道荣

大学同学聚会，毕业20年，大家的变化都很大，然而，最让我们意外和吃惊的是，我们的一个同学，放弃中文，改行去研究数学了。

这跨度也太大了。

她现在是一家大学的数学教授。大学毕业后，她被分配到了家乡的县政府工作，两年后，考取了研究生。学的却不再是中文或相关专业，而是数学。一个读了四年中文专业的人，却去考了并且考取了数学专业的研究生，真是让人匪夷所思。后来，又读博，留校任教，至今。

她的经历，勾起了大家强烈的兴趣，我们都很好奇，怎么就转行去搞起了数学？

她笑笑，说，其实读大学后，她就后悔自己高中时选择了文科，后悔高考志愿选择了中文系。她说，中学时，她的数学和语文成绩，就都特别突出，既是班里的语文课代表，又是数学课代表。她的父亲是本校的语文老师，在高二分科时，父亲极力主张她选择文科，她自己虽然有点摇摆不定，放不下热衷的数学，但又觉得，自己也还是蛮喜爱看小说的，身上很可能遗传了父亲的文学细胞。于是，她选择了文科班。高考成绩很理想，数学近乎满分，语文成绩也很优异，于是，顺理成章地读了中文系，成了我们这帮文学爱好者的同学。

可是，她说，进了大学后，她才慢慢发现，自己虽然语文成绩很好，也喜爱读读小说什么的，但那根本不是对文学的热爱，文学作品之于她，就和其他也喜爱小说的理科生一样，只是一种消遣。其他的专业课，诸如文学理论、文学史什么的，更是让她味同嚼蜡，她发现，一部红楼梦，远没有一道立体几何难题，让她饶有兴趣。

若干年后，我们才知道，大学期间，她就经常跑到数学学院的课堂上蹭课。她也是唯一一个在文学课堂上，偷看微积分的人。她笑着说，能和你们成为同学，我自然开心的很。但学习中文，那真不是我的意愿，至少，中学时代，我其实并不真正了解自己的心意。所以，后来我义无反顾地选择了数学，重新规划了自己的人生。

我们一直以为，自己最了解自己的心意，我们的心，到底在乎什么，在意什么，有什么愿望，总是我们自己最清楚。有时候，真的很难说，我们对自己了解多少，我们的选择是不是真正符合我们自己的心愿。你以为遵从了自己的心意，而事实上，很可能像我的同学那样，一开始的时候，就做出了错误的选择。

前段时间很流行的英国电视剧《唐顿庄园》里，有一个很小的细节。庄园管家卡森，年轻时曾经与好朋友查理一起，在一家剧院工作，卡森爱上了一个女孩，熟料，查理一脚插了进来。在卡森和查理两个男人之间，女孩最终选择了查理。卡森悲伤离去，后来，成了唐顿庄园的大管家。而酗酒又懒惰的查理，与那个女孩的生活却并不如意，穷困潦倒不堪。若干年后，查理告诉卡森，她死了，他们三人之间的恩怨也该了结了。查理在与卡森告别时，说出了一个秘密：女人在临死之前，告诉他，她真正喜欢的男人其实是卡森，只是年轻时的她，一直不知道自己的真实心意。现在，她就要死了，才终于明白了。

她终于明了自己的心意，并在临终之前，说了出来。只是这明白，显然来的迟了点，她自己的，卡森的，包括查理的人生，都由此而彻底地改变了。但因为她而终生未娶的卡森，可以放下了；虽娶了她的人，但从未得到她的心的查理，可以放下了；她自己也可以放下了。

不能真正明白自己的心意，真的是一件无奈而悲哀的事情，它会让我们在虚假的心意之下，沿着错误的轨迹，徒耗生命。

当我们在做出某种选择或决定的时候，也许问一次自己的内心还远远不够，反复地审视自己的内心，多追问几次，才能更加接近自己内心的真实意愿。

而一旦明了自己的心意，什么时候掉头都不迟。